Hans Niemeyer

Das Ich lebt ewig

Nicht-materielles Bewusstsein und Religion

Argumente
aus Medizin, Quantenphysik und Hirnforschung
für Wirklichkeit und Bedeutung des nicht-materiellen Bewusstseins in
Nahtoderfahrungen

TEIL 1 DAS NICHT-MATERIELLE BEWUSSTSEIN 4

EINLEITUNG 4

KAPITEL 1 6

ERFAHRUNGEN UND THEORIEN ZU EINEM NICHT-MATERIELLEN BEWUSSTSEIN 6

1. EIN NOBELPREISTRÄGER FÜR NEUROPHYSIOLOGIE, EIN WELTBERÜHMTER WISSENSCHAFTSPHILOSOPH UND MEHRERE QUANTENPHYSIKER BEMÜHEN SICH UM EINE THEORIE DES VOM KÖRPER UNABHÄNGIGEN, EIGENSTÄNDIGEN GEISTES 6
2. WAS IST ÜBERHAUPT QUANTENPHYSIK? 7

KAPITEL 2 11

DAS VOM KÖRPER UNABHÄNGIGE, NICHT-MATERIELLE BEWUSSTSEIN IN NAHTODERFAHRUNGEN 11

1. WICHTIGE LITERATUR ÜBER NAHTODERFAHRUNGEN 11
2. VAN LOMMELS 5-JÄHRIGE PROSPEKTIVE STUDIEN IN 10 KARDIOLOGISCHEN INTENSIVSTATIONEN DER NIEDERLANDE 12
3. DEFINITION VON NTE NACH DEM HEUTIGEN FORSCHUNGSSTAND 15
4. AUßERKÖRPERLICHE ERFAHRUNGEN 16
5. GLAUBWÜRDIGKEIT DER NTE-BERICHTE 18
6. BEGEGNUNG MIT VERSTORBENEN 20
7. WISSEN 24
8. KOMMUNIKATION MIT DEM LICHTWESEN 27
9. LEBENSRÜCKSCHAU 29

KAPITEL 3 32

NEUERE MEDIZINISCHE BEFUNDE ZUM THEMENKOMPLEX GEHIRN UND BEWUSSTSEIN 32

1. WAS GESCHIEHT WÄHREND EINES HERZSTILLSTANDS IM GEHIRN? 32
2. QUANTENPHYSIKALISCHE ASPEKTE DES NICHT-MATERIELLEN BEWUSSTSEINS 37
3. ZUR DEUTUNG VON BEWUSSTSEIN IN DER MODERNEN HIRNFORSCHUNG 44

KAPITEL 4 50

EINE KRITISCHE BETRACHTUNG ÜBER WAHRSCHEINLICHKEITSWELLEN UND DEN URSPRUNG DES NICHT-MATERIELLEN BEWUSSTSEINS 50

ZUSAMMENFASSUNG (TEIL 1) 55

SCHLUSSWORTE ZUM TEIL 1 58

ANMERKUNGEN (TEIL 1) 59

TEIL 2 GOTTESBILDER   65

EINLEITUNG   65

KAPITEL 1   66
DER INKARNIERTE GOTT   66

1. SCHÖPFUNG: DURCH WEN?   66
2. SCHÖPFUNG: WARUM UND MIT WELCHEN FOLGEN?   70
3. DAS THEODIZEE-PROBLEM   71
4. ERBSÜNDE ?   77
5. „PATER PASSUS EST": DER VATER HAT GELITTEN   78

KAPITEL 2   81
GOTT IN DREI PERSONEN ?   81

KAPITEL 3   83
DER JESUS DER HISTORISCH-KRITISCHEN FORSCHUNG   83

1. DER SOHN-GOTTES-TITEL   83
2. GOTT WILL LIEBE, KEINE SÜHNE   84

ZUSAMMENFASSUNG (TEIL 2)   88

ANMERKUNGEN (TEIL 2)   91

LITERATUR   93

PERSONENREGISTER   95

Teil 1 Das nicht-materielle Bewusstsein

Einleitung

Mein Ich, Ihr Ich, eines jeden Menschen Ich lebt ewig. Das ist nicht nur meine These, sondern unter anderem auch die der mit Nahtodforschung befassten Mediziner und Psychologen.
Angesichts der Tatsache, dass ein naturwissenschaftlicher Beweis für diese These wegen ihres metaphysischen Charakters nicht geführt werden kann, verwundert es nicht, dass gegenteilige Meinungen ebenfalls vertreten werden. So vor allem von der modernen Hirnforschung, welche schon das irdische Ich für eine Illusion hält. Doch gibt es auch dort kritische Stimmen zu einer solchen Auffassung, wie zu zeigen sein wird. Auf einen Autor, der zwar die Nahtoderfahrungen akzeptiert, aber dennoch ein Weiterleben des Ichs nach dem Tode aus seiner Sicht als Physiker negiert, werde ich in den Anmerkungen eingehen.
In der vorliegenden Schrift verwende ich den Begriff „Ich" synonym mit der Bezeichnung „nicht-materielles Bewusstsein" aus der Nahtoderfahrung.
„Ewig" und „leben", diese Worte haben für das Ich als nicht-materielles Bewusstsein allerdings eine andere Bedeutung als für uns in unserer Welt mit ihrem als linear empfundenen Zeitverlauf und ihren materiellen Bedingtheiten. Das sollte aus den hier zu besprechenden Berichten der Nahtoderfahrenen deutlich werden.

Vielleicht geht es ja auch anderen so ähnlich wie mir:
Mich jedenfalls beschäftigt seit einigen Jahrzehnten die Frage nach dem Woher und Wohin des Menschen, letztlich nach meinem eigenen Existenzverständnis. Weder die Antwort der bislang vorherrschenden Wissenschaftsauffassung noch die der Theologie genügt mir. Die eine bietet ein Welt- und Menschenbild strikt im Rahmen des *„materialistisch-reduktionistischen Paradigmas"*, wie es der bekannte Wissenschaftsphilosoph Karl R. Popper nennt (d.h.: *„alles – auch das Bewusstsein – ist nur Physik und Chemie"*).
Und die (konservative) Theologie erwartet von mir zu glauben, was ich so nicht glauben kann.

Antworten, die mir vertrauenswürdig erscheinen und mit dem existenzphilosophisch relevanten Erklärungsansatz von Popper und dem Nobelpreisträger für Neurophysiologie Sir John C. Eccles kompatibel sind, habe ich in der umfangreichen, von Medizinern verfassten Literatur über Nahtoderfahrungen (NTE) und in nicht-reduktionistischen wissenschaftlichen Erklärungsansätzen von Physikern gefunden. Diese Deutungsversuche sind, soweit sie sich auf die Quantenphysik beziehen, allerdings überwiegend hypothetischer Natur, und ihre allgemeine Anerkennung in der Fachwelt steht bisher noch aus.

Die moderne Hirnforschung hat unter anderem Ergebnisse erbracht, die - im rein naturwissenschaftlichen Rahmen – eine durchaus schlüssige Erklärung für das Entstehen von (Wach-)Bewusstsein bieten, ohne deterministisch zu sein – deterministisch im Sinne einer nur durch Naturgesetze gegebenen vollkommenen Kausalität aller gegenwärtigen und zukünftigen Ereignisse einschließlich menschlichen Verhaltens.

Dabei beziehe ich mich im Wesentlichen auf Michael Gazzaniga, einen weltweit angesehenen Hirnforscher.

Ich kann in dieser Arbeit nur kurz darauf eingehen, will aber versuchen, seine Befunde unter dem Aspekt eines nicht-materiellen, vom Gehirn unabhängigen Bewusstseins zu kommentieren.

Schließlich bleibt es jedem überlassen, welchen Wahrscheinlichkeits- oder Welt-Erklärungswert er den besprochenen Thesen beimessen will. Und erst recht bleibt es jedem überlassen, ob er den Brückenschlag zum religiösen Glauben als einem wesentlichen Teil von sinnstiftendem Existenzverständnis nachvollziehen will. Hierzu sei vor allem auf Teil 2 des vorliegenden Büchleins verwiesen.

Zunächst einmal möchte ich Denkanstöße geben und einen ersten Einblick in die umfangreiche Literatur ermöglichen, ohne dass man sich selber durch Tausende von Buchseiten arbeiten muss. Und so könnte meine kleine Schrift vielleicht einem Suchenden ein Tor öffnen zu einer nicht-materialistischen und dennoch rationalen Auffassung unseres Menschseins und zu einem Glauben ohne *sacrificium intellectus* (Opferung der Vernunft), jedenfalls dem, der unvoreingenommen seinen Geist dafür offen hält.

Göttingen, im Februar 2014

Kapitel 1

Erfahrungen und Theorien zu einem nicht-materiellen Bewusstsein

1. **Ein Nobelpreisträger für Neurophysiologie, ein weltberühmter Wissenschaftsphilosoph und mehrere Quantenphysiker bemühen sich um eine Theorie des vom Körper unabhängigen, eigenständigen Geistes**

Von diesen Wissenschaftlern wurde Ende des vorigen Jahrhunderts versucht, eine Antwort auf das alte Geist-Gehirn-Problem zu finden, und zwar auf der Grundlage der bis dahin vorhandenen naturwissenschaftlichen Forschungsergebnisse, jedoch vorurteilsfrei, d.h. ohne sich dem herrschenden materialistisch-reduktionistischen Paradigma verpflichtet zu fühlen.

Damit wurde auch ein erster Zugang zu einer wissenschaftlichen Interpretation von Nahtoderfahrungen (NTE) geschaffen.

Die Forscher, auf die ich mich in diesem Abschnitt beziehe, gehen selber nicht auf das Phänomen der NTE ein. Aber ihre Forschungsergebnisse und Überlegungen sind *de facto* eine Bestätigung der Hauptaussagen der medizinischen Literatur über NTE.

Ich spreche hier in erster Linie von dem Buch des Neurophysiologen Prof. John Carew Eccles *"Wie das Selbst sein Gehirn steuert"* (Springer Verlag Berlin, Heidelberg 1994; deutschsprachige Ausgabe Serie Piper, 1994; in den folgenden Zitaten SG abgekürzt). Eccles hatte mit dem Wissenschaftsphilosophen Karl R. Popper zusammen zuvor auch schon ein anderes Buch zu diesem Problemkreis veröffentlicht, *"Das Ich und sein Gehirn"*, und nahm nun die dort beschriebene 3-Welten-Theorie Poppers als philosophische Grundlage in sein letztes großes Werk auf, das er im Alter von 90 Jahren geschrieben hatte und das er als die

Krönung seiner lebenslangen, wissenschaftlichen Bemühungen zur Lösung des „Geist-Gehirn-Problems" bezeichnet (SG 216).

Popper ordnet der Welt 1 alle „*Physikalischen Objekte und Zustände*" zu, also „*Materie und Energie des Kosmos*", alles Biologische (einschließlich der „*menschlichen Gehirne*") und alle *Artefakte*. Zur Welt 2 gehören die „*Zustände des Bewusstseins*" und der Wahrnehmungen, zur Welt 3 unser gesamtes „*kulturelles Erbe*", also das, was der Mensch aus den Welten 1 und 2 gemacht hat (SG 17).

Unbestritten ist, „*dass der Geist keinen direkten Zugang zum Körper hat. Alle Wechselwirkungen mit dem Körper werden durch das Gehirn vermittelt.*" (SG 17)

Eccles' zentrale Hypothese war, „*dass Geist und Gehirn eigenständige Entitäten sind – das Gehirn befindet sich in Welt 1 und der Geist in Welt 2 - und dass sie über die Quantenphysik eine Wechselbeziehung aufnehmen*" *(SG 27).*
Eccles betont in diesem Zusammenhang, dass der Fluss von Informationen über die Grenze zwischen den Welten 1 und 2 nicht etwa ein Fluss von Energie ist, denn diese gehört wie die Materie zur klassischen Physik, also zur Welt 1. Und die klassische Physik setzt voraus, dass eine Welt 1 vollständig in sich abgeschlossen ist und nicht etwa durchlässig für „*subtile*", nicht-energetische oder nicht-materielle „*Kommunikationen*" mit einem nicht-materiellen Selbst bzw. dem Geist. Wohlgemerkt, die klassische Physik, nicht unbedingt auch die Quantenphysik, worauf ich noch eingehen werde.

2. Was ist überhaupt Quantenphysik?

An dieser Stelle ist wohl schon ein Wort darüber angebracht, was Quantenphysik denn überhaupt ist:
Der vom Fernsehen her bekannte Münchner Physiker Harald Lesch formuliert das so: „*Die Quantenmechanik* (als der hier wesentliche Teil der Quantenphysik; HN) *ist eine mathematisch-physikalische Theorie zur Beschreibung der grundlegenden Eigenschaften von Licht und Materie.*" Und zwar „*die beste heute bekannte Theorie*". Diese Theorie ist die Grundlage von z.B. Computern, Lasertechnik, Kernspintomographen, Solarzellen und digitaler Elektronik.
Im atomaren (quantenphysikalischen) Maßstab gilt nach Werner Heisenberg, „*dass das Kausalitätsgesetz in gewisser Weise gegenstandslos wird*". Es gelten also „*nicht mehr Ursache und Wirkung,*

sondern Zufall und Wahrscheinlichkeit", wie die Physikerin und Wissenschaftsautorin Brigitte Röthlein dies kommentiert (BR 53). Und ihr Kollege John Gribbin sagt, dass *"alles in der makroskopischen Welt aus Teilchen besteht, die den Quantenregeln gehorchen. Alles, was wir als real bezeichnen, besteht aus Dingen, die nicht als real aufgefasst werden können ..."* (JG 228). Real werden sie erst dann, wenn man sie misst, doch zum Verständnis dessen muss ich auf die Literatur verweisen (BR, JG, AZ) oder für eine sehr knappe Darstellung auf die Kapitel 3 und 4 sowie auf die Anmerkung 1 in dieser Arbeit.

Aus einem berühmten quantenphysikalischen Experiment des französischen Physikers Alain Aspect, das ich weiter unten kurz beschreiben will, schließt der Wiener Quantenphysiker Anton Zeilinger auf *"die Unhaltbarkeit eines realistischen Weltbildes"*, nachzulesen im Begleittext zu der Demonstration eines ähnlichen Experiments auf der Documenta 13, 2012.

Diese und viele andere Besonderheiten der Quantenphysik haben manche Fachleute zu erstaunlichen Schlüssen geführt:

Bereits 1984 hatte der Quantenphysiker Henry Margenau in seinem Buch *"Miracle of Existence"* die These vertreten, dass ein nichtmaterielles, mentales Ereignis wie der Vorsatz, sich zu bewegen, neuronale Ereignisse in Mikroarealen des Gehirns beeinflussen könnte, ohne gegen die Erhaltungssätze der Physik zu verstoßen, wie es Eccles formuliert (SG 117; die Erhaltungssätze der Physik besagen z.B., dass Energie weder verloren geht noch aus dem Nichts hinzukommen kann). Margenau selber schreibt: *"Man kann den Geist als Feld im anerkannten physikalischen Sinn dieses Wortes betrachten. Aber er ist ein nichtmaterielles Feld; seine engste Analogie ist vielleicht ein Wahrscheinlichkeitsfeld. ... Und soweit es sich bisher anhand der Indizien sagen lässt, handelt es sich um kein Energiefeld im physikalischen Sinne und muss auch keine Materie enthalten, um all die bekannten Phänomene der Wechselwirkung zwischen Geist und Gehirn zu erklären."* (Zit. von Eccles, SG 118; s. auch Kap. 4!)

Mut bei der weiteren Suche nach einer konkreten quantenphysikalischen Lösung des Problems machte Eccles der Quantenphysiker Henry P. Stapp, dem nach jahrelanger Beschäftigung mit dem Geist-Gehirn-Problem eine *"bemerkenswerte Synthese aus den Philosophien von Henry James* (einem Philosophen des 19. Jahrhunderts, der die Ganzheit oder Einheit eines jeden bewussten Gedankens vertrat; HN) *und des theoretischen Physikers Werner Heisenberg gelungen"* sei, wie Eccles schreibt (SG 89).

Hier einige wichtige Zitate aus Stapps Artikel in der Zeitschrift *Foundation of Physics* , 21 (1991; in Buchform 1993 bei Springer *„Mind, Matter, and Quantum Mechanics"*):

„Ein bewußter Gedanke ist ein wirkliches Objekt, das eine essentielle Einheit aufweist. Er ist nicht nur eine Summe einfacherer Bestandteile. Er ist seinem Wesen nach ein ganzes Objekt.
In der klassischen Physik ist es nicht möglich, etwas zu schaffen, das essentiell mehr als die Summe seiner Teile ist. Aber ein Quantenzustandsereignis hat genau dies zur Folge: Es erschafft einen neuen Zustand, indem es verschiedene Aspekte eines früheren Zustands erfasst und zu einem neuen ontologischen Ganzen kombiniert. (Hier findet die Emergenztheorie des modernen Hirnforschers M. Gazzaniga eine quantenphysikalische Begründung! s. Kap. 3, 3.; HN.)
Die Verfügbarkeit integrativer Zustandsereignisse dieser Art ist einer der beiden Hauptgründe dafür, weshalb man sich der Quantentheorie zuwenden muß, um die Verbindung zwischen Geist und Gehirn rational schlüssig zu verstehen: die reduktionistische Naturvorstellung der klassischen Physik ist von ihrer inneren Logik her nicht für die Aufgabe geeignet, essentiell vereinigte, bewußte Gedanken zu erklären.
Der zweite Hauptgrund, weshalb wir uns der Quantenphysik zuwenden müssen, ist der, dass in der klassischen Physik bekanntlich kein Platz für Bewußtsein ist – sie ist bereits vollständig. Die physikalische Welt enthält nach Maßgabe der klassischen Physik nichts außer den verschiedenen Partikeln und Feldern, deren Eigenschaften innerhalb der Theorie restlos bekannt sind. Es gibt innerhalb dieses Begriffsgebäudes keinen logischen Platz für eine Entität einer anderen Art, wie etwa Bewußtsein
...
Die logische Situation in der Quantentheorie ist völlig anders: Dort besteht eine absolute logische Notwendigkeit für etwas anderes – wie etwa Bewußtsein." (SG 89/90)

Eccles fand dann in dem Quantenphysiker und Direktor am Institut für Kernphysik der TU Darmstadt, Friedrich Beck, einen Fachwissenschaftler und Partner, der tatsächlich eine konkrete, d.h. mathematische, quantenphysikalische Lösung erarbeitete und 1992 mit Eccles zusammen veröffentlichte (SG 215).

Die Autoren *„präsentierten die Kernhypothese, daß eine mentale Absicht des Selbst neuronal wirksam wird, indem sie vorübergehend die Wahrscheinlichkeiten für Exozytosen in einem ganzen Dendron erhöht* *und auf diese Weise die große Zahl von Wahrscheinlichkeitsamplituden koppelt, um eine kohärente Wirkung zu erzielen."* (SG 215/216) Zur Erläuterung dieses zunächst einmal unverständlichen Fach-Chinesisch verweise ich auf die Anmerkungen Teil 1, Nr. 2! Hier mag die folgende Aussage genügen:

Mentale Absichten, also gänzlich außerhalb von Welt 1 (hier: Gehirn, Körper) stattfindende Ereignisse, können die Hirnrinde auf quantenphysikalische Weise erfolgreich aktivieren (und dadurch z.B. bestimmte, vom Selbst gewollte Bewegungen des Körpers auslösen), ohne die Erhaltungssätze der Physik zu verletzen.

Wenn Eccles, Popper, Stapp und Beck recht haben, dann muss man es als eine Tatsache von herausragender Bedeutung in philosophischer, anthropologischer und theologischer Hinsicht ansehen, dass hier eine naturwissenschaftlich begründete Theorie darüber vorgelegt wird, dass die individuelle menschliche Persönlichkeit eine vom vergänglichen Körper unabhängige und damit nicht sterbliche Wesenheit hat – das Selbst, Ich, Seele – , welche das Gehirn und über dieses den Körper steuert und alle für die Dauer des körperlichen Lebens gemachten Erfahrungen in sich aufgenommen hat und bewahrt.

Im Folgenden beschäftige ich mich mit den Ergebnissen der medizinischen Nahtodforschung und deren Interpretation, denn ich sehe, wie gesagt, die Nahtoderfahrungen (NTE) als eine empirische Bestätigung der Eccles'schen Hypothese von einem körperunabhängigen Bewusstsein.

Kapitel 2

Das vom Körper unabhängige, nicht-materielle Bewusstsein in Nahtoderfahrungen

1. Wichtige Literatur über Nahtoderfahrungen

Das Phänomen der Nahtoderfahrungen wurde einer großen Öffentlichkeit erstmals 1975 durch den Arzt und Psychiater an der Universitätsklinik von Virginia, **Raymond A. Moody**, in seinem berühmten Buch *"Life after Life"* (deutsch bei Rowohlt 1977: *Leben nach dem Tod;* hier abgekürzt ML..) bekannt gemacht. Es folgten vom selben Autor noch weitere zwei Bücher zu diesem Thema, in denen eine größere Zahl von Fallstudien und Erfahrungen dieser Art aus früheren Zeiten und in anderen Kulturen ausgewertet wurden.

Weitere groß angelegte wissenschaftliche Untersuchungen in Buchform waren, um die wichtigsten mir bekannten zu nennen:

Kenneth Ring (Psychologieprofessor an der Universität von Connecticut) *"Den Tod erfahren – das Leben gewinnen"* (Scherz, 1986, 317 Seiten; KR..). In diesem Buch geht es vor allem um die tiefgreifenden, positiven Veränderungen in der Wertevorstellung und Lebensführung von Personen nach einer erinnerten NTE.

M.B. Sabom (Kardiologe) *"Erinnerungen an den Tod. Eine medizinische Untersuchung"* (Goldmann, 1986, 283 Seiten). Dieser Autor ist von einer ganz besonderen Überzeugungskraft, weil er seine Nachforschungen mit dem Ziel begonnen hatte, die bisher berichteten NTE als Hirngespinste zu entlarven: *"Sabom suchte fast verzweifelt nach Erklärungen für all diese Phänomene, die seinem von der Naturwissenschaft und hier natürlich besonders von der Hirnforschung geprägten Denken entsprachen. Er fand keine. ... So wurde aus einem der schärfsten Kritiker der Nahtodes-Forschung einer ihrer engagiertesten Befürworter ..."* (JB 31).

P. van Lommel (Kardiologe) *"Endloses Bewusstsein. Neue medizinische Fakten zur Nahtoderfahrung"* (Patmos, 4. Auflage, 2011, 440 Seiten; EB..). Van Lommel bemüht sich in seinem sehr umfang- und inhaltsreichen Buch besonders um medizinische und quantenphysikalische Erklärungen der NTE-Phänomene.

Eine Dokumentation ganz eigener Art ist der Bericht eines Professors an der Harvard Medical School, der seine eigene NTE mit hohem wissenschaftlichen Anspruch, aber auch auf spannende und sehr persönliche Weise schildert:
E. **Alexander** (Neurochirurg) „*Blick in die Ewigkeit*" (Ansata, 6. Auflage 2013, 256 Seiten; EA..). Wie M. Sabom hatte auch dieser Autor bis zu seinem eigenen Beinahe-Tod NTE-Berichte als Phantasieprodukte abgetan. Aufgrund einer sehr schweren und extrem seltenen Form von Meningitis war er für sieben Tage ins Koma gefallen. Ausgehend von einer Art Unterwelt, ist sein nicht-materielles Bewusstsein während dieser Zeit außerordentlich tief in den transzendenten Seinsbereich eingedrungen – bis in dessen göttliches Zentrum – und hat dort ganz besondere Erfahrungen sammeln und in das irdische Leben zurückbringen können. Diese Rückkehr in ein Leben mit voller geistiger Leistungsfähigkeit war medizinisch ein Wunder, denn der gesamte Neokortex Alexanders war durch den Befall mit Bakterien (*Escherichia coli*) auf das Schwerste geschädigt und während des Komas funktionslos geworden.

Daneben wurden zahlreiche Artikel zu diesem Thema in wissenschaftlichen Zeitschriften veröffentlicht (s. Text).
Außer diesen wissenschaftlichen Original-Untersuchungen, die zusätzlich natürlich auch auf einschlägige Veröffentlichungen anderer Autoren eingehen, gibt es einige seriöse Bücher nicht-medizinischer Verfasser, von denen das des Theologen und Pädagogen Jörgen Bruhn ganz besonders als gut lesbarer und sehr fundierter, aktueller Einstieg in das Thema geeignet ist. Besonders hervorzuheben sind seine reichen Erfahrungen mit der Vermittlung dieses Wissens an Mediziner, Pfleger, Seelsorger, Lehrer und Schüler und bei zahllosen Vorträgen, u.a. in Hospiz-Einrichtungen:
J. **Bruhn** (Theologe und Pädagoge) „*Blicke hinter den Horizont. Nahtoderlebnisse: Deutung – Bedeutung*" (Alsterverlag Hamburg, 2. Auflage, 2009, 208 Seiten; JB..)

2. Van Lommels 5-jährige prospektive Studien in 10 kardiologischen Intensivstationen der Niederlande

Pim van Lommels Buch enthält zusätzlich zu den eigenen Untersuchungen die meines Wissens beste Übersicht über die bisherigen NTE-Forschungen. Alle diese beruhen auf Berichten von reanimierten Patienten, die sich aus eigenem Antrieb zu Wort gemeldet hatten und deren NTE meist mehr oder weniger lange zurück lag. Van

Lommel dagegen präsentiert außerdem erstmalig eine eigene, von ihm so genannte „prospektive Studie", bei der alle wiederbelebten Patienten mit Herzstillstand aus 10 kardiologischen Intensivstationen der Niederlande von 1988 bis 1992 wenige Tage nach ihrem Herzstillstand danach befragt wurden, ob ihnen aus der Phase ihrer Bewusstlosigkeit etwas in Erinnerung geblieben sei. Insgesamt waren es 344 Personen, von denen sich 18% an eine NTE erinnern konnten. Von all' diesen Patienten existieren demnach lückenlose Berichte über die medizinischen und auch sonstigen relevanten Daten. Und bei allen war sicher, dass sie ohne rechtzeitige Wiederbelebung (spätestens nach 5 – 10 Minuten) den Herzstillstand nicht überlebt hätten.

Die Ärzte und Pflegekräfte der beteiligten Kliniken waren vor Beginn der Studie vom Projektleiter van Lommel in Vorträgen informiert und zur Mitarbeit bewegt worden.

Zusätzlich wurde eine Langzeitstudie durchgeführt, bei der allen in der prospektiven Studie erfassten und noch lebenden Herzpatienten zuerst nach 2 Jahren und dann nach 8 Jahren eine Liste von 34 Fragen vorgelegt wurde, mit der Veränderungen in der Einstellung zu sich selbst, zu anderen Menschen, zu materiellen und sozialen Themen, zu Religion, Spiritualität und zum Tod untersucht werden sollten. Außerdem wurde wiederum gefragt, ob sie eine NTE gehabt hatten und welche Merkmale diese aufwies. Es war bemerkenswert, dass manche Patienten ihren ursprünglichen, mündlich vorgetragenen NTE-Bericht fast wörtlich wiederholten, was van Lommel bei einem Traum oder einer erfundenen Geschichte für nahezu unmöglich hält (EB 151).

Ich kann hier nicht auf alle die vielfältigen und sehr detaillierten, mit Signifikanztests abgesicherten, deskriptiven Ergebnisse und medizinischen Interpretationen eingehen. Ich habe diese Anmerkungen zur Nahtodforschung vor allem deshalb gemacht, um zu betonen, dass die Untersuchungen mit seriösen und wissenschaftlichen Methoden durchgeführt wurden und die Ergebnisse durchaus glaubhaft sind.

Es liegt mir aber daran, darauf hinzuweisen, dass keine der Ursachen, die bisher für die Entstehung einer NTE in Betracht gezogen wurden, von van Lommels groß angelegter, prospektiver Studie bestätigt werden konnte: *„...weder eine physiologische oder medizinische Erklärung (Sauerstoffmangel) noch eine psychologische (Todesangst) oder pharmakologische (eine verabreichte Medikation)."* (EB 158)

Zu demselben Schluss kommt auch der Neurochirurg Eben Alexander, dessen Neokortex-Funktionen infolge eines zerstörerischen Befalls durch das Bakterium *Escherichia coli* vollkommen ausgefallen waren, und der während seines siebentägigen Komas dennoch äußerst reale audio-visuelle Erlebnisse hatte. In seinem Buch diskutiert er neun neurowissenschaftliche Hypothesen, von denen jedoch keine erklären konnte, *"wie es zu der reichen, stabilen und vielschichtigen Erfahrung ... (der 'Ultra-Realität') gekommen ist".* (EA 251)

In der Studie van Lommels hat es sich auch als vollkommen irrelevant herausgestellt, ob die Betroffenen religiös waren oder Atheisten, ob sie zuvor von NTE gehört hatten oder nicht (EB 157). Die Zugehörigkeit zu einer bestimmten Religionsgemeinschaft oder Kultur hat nicht die NTE als solche beeinflusst, sondern allenfalls die Wahl des Vokabulars zu ihrer Beschreibung und ihre Interpretation. Darin sind sich alle NTE-Forscher einig.

Und es ist in diesem Zusammenhang auch wichtig zu wissen, dass alle Probanden der prospektiven Studie während ihrer NTE bewusstlos waren, *"da es bei ihnen allen infolge des Herzstillstands zu einem Kreislaufzusammenbruch, zu Atemstillstand und zum Ausfall aller Körper- und Hirnstammreflexe gekommen war."* (EB 159)

Bemerkenswert ist auch der Befund, *"dass sich bei Patienten mit einer tiefen und besonders mit einer sehr tiefen NTE* (z.B. Kommunikation mit dem Licht, Lebensrückschau, umfassendes Wissen; siehe weiter unten; HN) *innerhalb von dreißig Tagen nach ihrem Herzstillstand eine signifikant höhere Sterblichkeitsrate ergab (p ≤ 0,0001), obwohl sie sich aus medizinischer Sicht nicht von den übrigen Patienten unterschieden. ... Vielleicht haben Menschen nach einer so tief gehenden Erfahrung ihre Angst vor dem Tod gänzlich verloren, so dass sie sich von ihrem Körper lösen können."* (EB 154)
Nach der niederländischen prospektiven Studie wurden auch in den USA und Großbritannien ähnlich aufgebaute Untersuchungen an Herzpatienten durchgeführt. Keine der insgesamt vier prospektiven Studien, an denen insgesamt 562 Patienten beteiligt waren, konnte eine eindeutige physiologische oder psychologische Erklärung für das Auftreten einer NTE anbieten. Zu den gemeinsamen Schlussfolgerungen zählte, dass während eines Herzstillstands alle Gehirnfunktionen ausfallen. Bei allen Studien ergab sich die gleiche Größenordnung des Anteils an erinnerten Nahtoderfahrungen, und zwar in einem Bereich von 11 bis 23% (EB 167).

Zieht man auch andere Literatur hinzu, wird deutlich, dass die veröffentlichten Daten und Meinungen über die Häufigkeit von erinnerten (!) Nahtoderfahrungen weit auseinander gehen. Manche Zahlen liegen weit höher als die von van Lommel veröffentlichten: bis zu 80% nach J. Bruhn, der sich auf Daten eines deutschen Internisten bezieht, welcher die Patienten selber reanimiert hatte (JB 81f).

Einleuchtende Gründe dafür, warum manche Patienten sich an eine NTE erinnern konnten, andere aber nicht, habe ich in der Literatur nicht gefunden. Darüber kann man derzeit wohl nur spekulieren. Aber erleben dürfte wohl jeder Mensch an der Schwelle des Todes die beschriebenen Phänomene des Sichtrennens des nicht-materiellen Bewusstseins vom Körper.

3. Definition von NTE nach dem heutigen Forschungsstand

An dieser Stelle ist es nun wohl angebracht, kurz zu erläutern, was nach dem jetzigen Stand der Forschung unter Nahtoderfahrung zu verstehen ist. Dabei beziehe ich mich nicht nur auf van Lommel, sondern auch auf die anderen genannten Autoren.

Es handelt sich um *„alle aus der Erinnerung geschilderten Eindrücke während eines außergewöhnlichen Bewusstseinszustandes – mit charakteristischen Elementen ..."* (EB 33).
Eines der wichtigsten und häufigsten Elemente ist jenes, was als Trennung von Bewusstsein und Körper erlebt wird. Hierauf werde ich in diesem Abschnitt ausführlich eingehen. Andere wichtige Elemente, von denen ich einige später behandeln werde, sind das sofortige und völlige Verschwinden jeglicher Schmerzen und körperlicher Behinderungen, ein Gefühl von tiefem Frieden, das Erlebnis einer Umgebung, die weit schöner ist als alles vergleichbare Irdische, das Hören herrlicher Musik, die Begegnung mit Verstorbenen, die Teilhabe an einem allumfassenden Wissen (das man – von sehr seltenen Ausnahmen abgesehen (EA 74) – nicht ins irdische Leben zurücknehmen kann; ich werde dazu weiter unten einige Fallbeispiele bringen), die tief beglückende Gegenwart eines liebenden Lichtwesens, ein Lebenspanorama, in dem man in Anwesenheit dieses Lichtwesens sein Tun und Lassen selber nach dem Maßstab der Liebe bewertet.

Selten umfasst eine einzige NTE alle diese Elemente, oft sogar nur das Gefühl von Frieden und völliger Schmerzlosigkeit und auch die Außerkörperlichkeit des Bewusstseins.
Aber gemeinsam ist allen diesen Erfahrungen, dass sie jenseits unseres normalen Erfahrungshorizonts liegen, und zwar so weit, dass es den Betroffenen schwer fällt, die passenden Worte dafür zu finden.
Ungeachtet dessen berichten fast alle von einer außerordentlichen Klarheit ihrer Wahrnehmungen, Schärfe ihrer Gedanken und einem erweiterten Bewusstsein. Eben Alexander bezeichnet seine Erfahrung

sogar als „ultra real", „realer als das Haus, in dem ich saß, oder die Holzscheite, die im Kamin brannten." (EA 177)
Also genau das Gegenteil eines traumhaften oder halluzinogenen Zustandes!

„Zu diesem außergewöhnlichen Bewusstseinszustand kann es während eines Herzstillstands kommen - also in einer Phase, in der ein Mensch klinisch tot ist -, aber auch bei einer ernsthaften Erkrankung oder ohne klare medizinische Ursache. Diese Erfahrung führt fast immer zu tief greifenden und nachhaltigen Änderungen der Lebensauffassung und zu einer furchtlosen Einstellung gegenüber dem Tod." (EB 33)

4. Außerkörperliche Erfahrungen

Der außergewöhnliche Bewusstseinszustand bei einer NTE ist, wie erwähnt, vor allem dadurch gekennzeichnet, dass sich das Bewusstsein vom Körper löst. Die folgenden Zitate sind dem Buch van Lommels entnommen (EB 46-47), sofern nichts anderes vermerkt ist:

Die Betroffenen nehmen ihre Umgebung (und das ist meist der Operationssaal) aus einer Position außerhalb und oberhalb ihres Körpers wahr. Sie haben ganz deutlich das Gefühl, ihren Körper zurückgelassen zu haben und sind erstaunt, dass ihnen dennoch „ihre eigene Identität, ihre Wahrnehmungsfähigkeit, ihre Emotionen und ein sehr klares Bewusstsein erhalten geblieben" sind.
Die meisten Menschen fühlen sich befreit, Schmerzpatienten sind nun völlig ohne Schmerzen, auch alle anderen körperlichen Einschränkungen des materiellen Körpers, z.B. das Fehlen von Gliedmaßen, hat man in diesem immateriellen Zustand hinter sich gelassen; Blinde können „sehen" (auch von Geburt an Blinde!), Farbenblinde erkennen die vielfältigsten Farben, Taube können „hören". Das alles natürlich nicht physikalisch mit Augen und Ohren, denn die sind ja vorübergehend funktionslos in ihrem bewusstlosen Körper zurück geblieben; sie haben dennoch außerordentlich deutliche, klare Wahrnehmungen – wie auch immer diese vermittelt werden.

„Man empfindet den neuen, schwerelosen Körper als einen spirituellen beziehungsweise immateriellen Körper, der ohne jeden Widerstand durch feste Strukturen wie Mauern oder Türen hindurchgehen kann."
Das bedeutet natürlich, dass dieser neue „Körper" tatsächlich immateriell ist, also in keiner Weise den Gesetzen der Physik unterliegt. Was auch dadurch bestätigt wird, dass man keine Möglichkeit hat, „mit

Anwesenden zu kommunizieren oder sie zu berühren, und obwohl man selbst alles sieht und hört, wird man zum eigenen Erstaunen von niemandem bemerkt. Wahrnehmungen sind in einem Radius von 360 Grad möglich, man sieht winzigste Details und hat gleichzeitig einen Überblick aus größerer Höhe."
Und noch erstaunlicher:
"Man erlebt in diesem Moment, dass man nur an jemanden denken muß, um sofort bei ihm zu sein." (EB 47)

Es sei hier eingefügt, dass die oben erwähnte und in zahlreichen Fällen sehr gut belegte Fähigkeit klinisch toter (auch hirntoter) Patienten, nicht nur zu sehen, sondern auch zu hören, schon zu schrecklichen Erlebnissen von manchen der Betroffenen geführt hat, nämlich dann, wenn in ihrer Nähe über **Organentnahmen** gesprochen wird, weil die Ärzte übereinstimmend der Meinung sind, dass der Tod bereits eingetreten ist (EB 360f). Hirntod wird diagnostiziert, wenn das EEG „flach" ist, also in der Hirnrinde keine elektrischen Aktivitäten mehr nachweisbar sind („hirnelektrische Stille"), und dies für eine bestimmte, begrenzte Zeitdauer, denn nach spätestens 10 Minuten sind die Neuronen durch Abbau der Zellmembran irreversibel zerstört (EB 179). In Deutschland gilt, dass die *„hirnelektrische Stille"* in einem nach den Richtlinien der Deutschen Gesellschaft für klinische Neurophysiologie abgeleiteten EEG über 30 Minuten bestanden haben muss, um den Hirntod feststellen zu können.

Die vorstehend beschriebene Art außerkörperlicher Erfahrungen stellt offenbar die Norm dar; das nicht-materielle Bewusstsein, welches den Körper verlassen hat, ist sich seiner irdischen Identität bewusst, sowohl in seiner irdischen Umgebung als auch im metaphysischen bzw. nicht-lokalen Bereich (s. Kap. 3, 2.)
Mit dem aufsehenerregenden Buch des Neurochirurgen Eben Alexander über seine eigene NTE ist aber auch eine ganz andere Erfahrung bekannt geworden: Sie begann bei eingeschränktem Bewusstsein, als *„einsamer Bewusstseinspunkt in einem zeitlosen rot-braunen Meer"*, nicht Mensch, nicht Tier (EA 50). Mit schärfer werdender Wahrnehmung wuchs das Verlangen, dieser nach *„biologischem Tod"* riechenden Umgebung zu entkommen, und es erschien ein reines, helles Licht, durch das hindurch das nun ganz klare, weite Bewusstsein in eine unbeschreiblich schöne Welt flog, eine gleichsam idealisierte Erde. Und das Bewusstsein wurde begleitet von einer engelhaften Lichtgestalt, einer schönen, jungen Frau, die es in die *„tiefschwarz strahlende Dunkelheit"* eines göttlichen *„Zentrums"* geleitete, in eine unendliche Weite, in der Gott aber dennoch dem Bewusstsein distanzlos nahe war (EA 59f, 69f und Kap. 2, 1., 6. u. 8.). Hier im *„Zentrum"* war es eine

„Lichtkugel", die als „Übersetzer" zwischen dem Bewusstsein „und dieser außerordentlichen (göttlichen) Präsenz" wirkte. Alle diese Wahrnehmungen bezeichnet Eben Alexander als „ultra-real", als das krasse Gegenteil von Traum oder Halluzination. Im Gegensatz zu den „normalen" NTE konnte sein nicht-materielles Bewusstsein mehrmals die Reise aus der „Regenwurmperspektive" in das „Zentrum" und zurück machen.
Möglicherweise hängen die Besonderheiten dieser NTE damit zusammen, dass die bakterielle Meningitis Alexanders eine extrem seltene Erkrankung ist, und dass sein Neokortex während der 7 Tage im Koma von den Bakterien auf das schwerste geschädigt und völlig funktionslos geworden war.
Zum Inhalt der Erfahrungen in diesem göttlichen Bereich finden sich im Kap. 2, 7. (Wissen) noch einige Hinweise.

5. Glaubwürdigkeit der NTE-Berichte

Ein sehr wichtiger Punkt ist die Glaubwürdigkeit der NTE-Berichte, also die Möglichkeit ihrer Verifizierung durch Dritte.
Van Lommel stellt dazu fest, dass diese außerkörperlichen Erfahrungen auch aus wissenschaftlicher Sicht einen Beweiswert haben, *„da Ärzte, Pflegekräfte und Angehörige die beschriebenen Wahrnehmungen und den Zeitpunkt, zu dem sie stattgefunden haben müssen, überprüfen und bestätigen können."*

Hierzu ein besonders interessanter Fallbericht, der van Lommel von dem beteiligten Krankenpfleger einer kardiologischen Station erzählt und von anderen Beteiligten zweifelsfrei bestätigt, also verifiziert, wurde:
Während der Nachtschicht wird ein 44 Jahre alter Mann eingeliefert, den Passanten eine Stunde zuvor in einem Park gefunden und mittels Herzmassage zu reanimieren versucht hatten. Der Patient war bereits bläulich-violett verfärbt und komatös. Im Krankenhaus werden sofort die üblichen Maßnahmen eingeleitet (Beatmung, Herzmassage, Defibrillierung). Als der berichtende Pfleger nun die Beatmung übernimmt und den noch immer komatösen Patienten intubieren will, fällt ihm auf, dass er noch ein künstliches Gebiss trägt. Der Pfleger entfernt den oberen Teil der Prothese und legt sie auf den Instrumentenwagen. Nach anderthalb Stunden wird der Patient, noch immer komatös, auf die Intensivstation gebracht. *„Erst eine Woche später, bei der Medikamentenausgabe, begegne ich dem Patienten, der gerade wieder auf die Kardiologie verlegt wurde, wieder. Als er mich sieht, sagt er: ‚ Oh, dieser Pfleger weiß, wo mein Gebiß liegt'. Ich bin ganz überrascht, doch*

er erklärt mir: ‚Ja, Sie waren doch dabei, als ich ins Krankenhaus kam, und haben mir das Gebiß aus dem Mund genommen und es auf einen Wagen gelegt, auf dem alle möglichen Flaschen standen. Er hatte so eine ausziehbare Schublade und in die haben Sie meine Zähne gelegt.' (Was tatsächlich zutraf, HN).
... *„Weitere Nachfragen ergaben, dass er damals selbst sehen konnte, wie er im Bett lag, und dass er von oben auf die Pflegekräfte und Ärzte herabsah, die ihn mit aller Kraft zu reanimieren versuchten. Er konnte auch den kleinen Raum, in dem er wiederbelebt wurde, und das Aussehen der Anwesenden korrekt und genau beschreiben. ...*
Er schilderte mir, wie er verzweifelt und erfolglos zu signalisieren versuchte, dass er noch lebe und wir ihn weiter reanimieren sollten."
Dieser Bericht wurde auch in der renommierten medizinischen Fachzeitschrift *The Lancet* publiziert (EB 49).

Von ähnlichen Fällen verifizierter Beobachtungen während einer NTE berichtet z.b. auch Kenneth Ring in seinem Buch *„Im Angesicht des Lichts"*, Kreuzlingen/München 1999 (Seiten 82-86), hier extrem verkürzt wiedergegeben:
Eine Patientin (bzw. ihr außerkörperliches Bewusstsein) verlässt während ihrer NTE das Klinikgebäude und sieht von außen auf einem bestimmten Fenstersims in der dritten Etage eines anderen Gebäudeteils einen abgetragenen Tennisschuh, den sie gleich nach ihrem Aufwachen einer Krankenschwester bis auf das letzte Detail exakt beschreiben kann. Die Schwester geht sofort los und findet genau diesen Schuh am angegebenen Ort.
Oder: Eine NTE-Patientin entdeckt im Zustand außerkörperlichen Bewusstseins auf dem Dach des Krankenhauses, in dem sie gerade wiederbelebt werden soll, einen roten Schuh. Später erzählt sie einem unbeteiligten Dritten davon und dieser geht mit dem Hausmeister auf das Dach. Dort liegt der beschriebene Schuh.

Die Verifizierung einer bestimmten Beobachtung, wie z.B. der verlegten Zahnprothese, durch Dritte muss als Beweis dafür angesehen werden, dass sich der NTE-Erfahrene nicht einfach seine Geschichte ausgedacht hat oder dass sie gar nur eine Halluzination war.

Zu solchen verifizierbaren Berichten dürfen wir wohl auch die folgende NTE zählen:

Der weltberühmte Begründer der Tiefenpsychologie, C.G. Jung (1875-1961), hatte 1944 während eines Herzinfarkts eine außerkörperliche Erfahrung, bei der er die Erde aus großer Höhe wahrnahm. Was er schildert, stimmt genau mit der heute bekannten Wirklichkeit überein –

nur, diese Wirklichkeit lernte die Menschheit erst viele Jahre später kennen! (Erster unbemannter Satellit „Sputnik" 1957 im Orbit, Erdabstand zwischen 230 und 950 km; 1961 umrundet Juri Gagarin als erster Mensch die Erde in einer Raumkapsel.)

„Es schien mir, als befände ich mich hoch oben im Weltraum. Weit unter mir sah ich die Erdkugel in herrlich blaues Licht getaucht. Tief unter meinen Füßen lag Ceylon und vor mir lag der Subkontinent von Indien. Mein Blickfeld umfaßte nicht die ganze Erde, aber ihre Kugelgestalt war deutlich erkennbar, und ihre Kontinente schimmerten silbern durch das wunderbare blaue Licht. An manchen Stellen schien die Erde farbig oder dunkelgrün gefleckt wie oxydiertes Silber. ‚Links' lag in der Ferne eine weite Ausdehnung – die rotgelbe Wüste Arabiens. Es war, wie wenn dort das Silber der Erde eine rotgelbe Tönung angenommen hätte. Dann kam das Rote Meer, und ganz weit hinten, gleichsam ‚links oben', konnte ich gerade noch einen Zipfel des Mittelmeeres erblicken. Mein Blick war vor allem dorthin gerichtet. Alles andere erschien nur undeutlich. Zwar sah ich auch die Schneeberge des Himalaya, aber dort war es dunstig oder wolkig. Nach ‚rechts' blickte ich nicht. Ich wußte, dass ich im Begriff war, von der Erde wegzugehen.
Später habe ich mich erkundigt, wie hoch im Raume man sich befinden müsse, um einen Blick von solcher Weite zu haben. Es sind etwa 1500 km! Der Anblick der Erde aus dieser Höhe war das Herrlichste und Zauberhafteste, was ich je erlebt hatte." (CGJ 293)

Eine überzeugende Beweisführung für die Existenz eines vom Gehirn völlig unabhängigen Bewusstseins gelang im Fall Pamela Reynolds, den ich unter Berücksichtigung der medizinischen Besonderheiten weiter unten (Kap. 3, 1) ausführlich beschreiben werde.

6. Begegnung mit Verstorbenen

Aus dem Buch „Mindsight: Near-Death and Out-of.Body Experiences in the Blind" von Ring und Cooper (Palo Alto, 1999) zitiert van Lommel den Bericht einer von Geburt an blinden Frau; ihre Augäpfel und Sehnerven waren geschrumpft und ihre visuelle Hirnrinde war unterentwickelt; sie hatte selbst in ihren Träumen keine visuellen Eindrücke, nur Geschmack, Gefühl, Geräusch, Geruch (EB 52f).
Diese Frau mit Namen Vicky erlitt im Alter von 22 Jahren bei einem Auto-Unfall eine Schädelbasisfraktur und eine schwere Gehirnerschütterung und war ins Koma gefallen. Sie erzählte, dass sie es zunächst als beängstigend oder unheimlich empfand, plötzlich sehen

zu können. Und erst, als sie ihren Ehering und ihr Haar erkannte, dachte sie: „*Ist das mein Körper da unten? Bin ich etwa tot?*" Sie hörte das Reanimationsteam immer wieder schreien „*Wir können sie nicht zurückholen, wir können sie nicht zurückholen!*" Aber ihr Körper bedeutete ihr eigentlich nichts mehr, und sie „*hatte so ein Gefühl von ‚na und?'*" und dachte nur „*Warum regen die sich denn alle eigentlich so auf?*"

Sie beschloss dann „*fortzugehen*", und allein schon der Gedanke daran bewirkte, dass sie sich nach oben, quer durch die Decke, bewegte, als ob die gar nicht da wäre. „*Es war fantastisch, draußen zu sein, mich frei zu fühlen und mir keine Sorgen darum machen zu müssen, wogegen ich dieses Mal wieder stoßen würde. ... Ich hörte einen rauschenden Klang wie von einem Windgong: es war der unglaublichste Klang, den man sich vorstellen kann – er war vom tiefsten bis zum höchsten Ton zu hören. Als ich mich diesem Gebiet näherte, waren Bäume, Vögel und viele Menschen dort, aber sie wirkten wie Lichtgebilde. ... Es bewegt mich noch sehr, wenn ich darüber rede, denn es gab einen Moment, in dem ich fühlte, dass mir, wenn ich nur wollte, alles Wissen offen stand ... Und in dieser anderen Welt ‚sah' ich einige Bekannte, die mich willkommen hießen. Insgesamt waren es fünf. Debby und Diane waren früher meine Schulfreundinnen, aber sie waren schon vor langer Zeit gestorben, in einem Alter von elf und sechs Jahren. Als sie noch lebten, waren sie beide minderbegabt und blind. Hier aber sahen sie strahlend, schön, gesund und vital aus. Sie waren offenbar keine Kinder mehr, sondern standen ‚in der Blüte ihres Lebens'. .... Schließlich war da noch meine Oma – bei der ich eigentlich aufgewachsen war. Sie war zwei Jahre vor diesem Unfall von uns gegangen. Meine Oma, die ein wenig abseits stand, streckte die Arme nach mir aus, um mich zu umarmen ... Und dann wurde ich zurückgeschickt und kehrte zurück in meinen Körper. Der Schmerz war unerträglich und brutal ...*" (EB 52f)

Dass Menschen, die nicht blind sind, während ihres außerkörperlichen Seins ohne Beteiligung ihrer Augen sehen können, ist ja schon erstaunlich genug. Aber diese Menschen hatten in ihrem bisherigen Leben wenigstens die Erfahrung des Sehens gemacht, ihr Bewusstsein war also erfüllt damit. Nicht so bei der von Geburt an Blinden, in ihrem Bewusstsein gab es keinerlei visuelle Eindrücke. Und das zeigt deutlich, dass für die visuellen Fähigkeiten des außerkörperlichen Bewusstseins Augen im zugehörigen materiellen Körper ohne Belang sind – und damit auch eine diesbezüglich funktionierende Hirnrinde; mit anderen Worten, diese Entität, die sich vom Körper losgelöst hat, ist wirklich nicht-materiell, nicht-energetisch. Den Fragen, was denn da wahrnimmt, und wie es wahrnimmt, widmet van Lommel einen großen Teil seines Buches. Ich komme weiter unten darauf zurück (Kap. 3, 2).

Der Bericht der von Geburt an blinden Vicky enthält neben der eigenen out-of-body experience auch eine andere typische NTE-Erfahrung, nämlich die Begegnung mit Verstorbenen. Skeptiker tun dies meist als Wunschvorstellungen der im Sterben Liegenden ab. Das trifft aber eindeutig nicht zu, denn es gibt viele Berichte von NTE, bei denen das außerkörperliche Bewusstsein auf eine Person trifft, von der es nicht wissen konnte, dass diese bereits verstorben war, oder auch, dass diese überhaupt existiert.

Neben van Lommel und anderen NTE-Forschern hat vor allem die Ärztin und Psychologin Elisabeth Kübler-Ross, die durch ihre Sterbeforschung weltberühmt geworden ist und dafür achtzehn Ehrendoktortitel erhielt, hierzu einige besonders anschauliche Beispiele berichtet (*„Über den Tod und das Leben danach"*, 1987, deutsche Übersetzung englischsprachiger Vorträge; nachfolgend KÜR..):

„Wir haben den Fall einer Zwölfjährigen vorliegen, die ihrer Mutter nichts von ihrem so wunderschönen Erlebnis mitteilen wollte, da keine Mutter es hören möchte, daß eines ihrer Kinder es irgendwo anders schöner als bei ihr zuhause fand. ... Doch war ihr Erlebnis so einzigartig, daß sie es unbedingt jemandem erzählen musste. So vertraute sie ihrem Vater an, daß sie, als sie „starb", solch wunderbare Erlebnisse gehabt habe, so daß sie keinen Wunsch verspürte, zurückzukommen. Das Besondere jedoch dabei war – abgesehen von der großartigen Pracht und der einfach fantastischen Lichtfülle und Liebe, die uns auch von den meisten anderen beschrieben worden waren –, daß ihr Bruder bei ihr war und sie mit aller Liebe und Zärtlichkeit in seine Arme schloß. Nachdem sie all dies ihrem Vater berichtet hatte, fügte sie hinzu: „Das einzige, was mich stutzig macht, ist die Tatsache, daß ich gar keinen Bruder habe." Daraufhin brachen dem Vater die Tränen aus, und er gab zu, dass sie tatsächlich einen Bruder gehabt habe, der allerdings schon drei Monate vor ihrer Geburt verstorben sei. Darüber hatte man ihr gegenüber jedoch nie etwas verlauten lassen." (KÜR 36)

Kübler-Ross hat bei den zahlreichen, von ihr psychologisch betreuten todkranken Kindern eine Untersuchung angestellt: Die Kinder wurden gefragt, *„wen sie immer an ihrer Seite wünschten, wenn sie sich für irgendeine Person entscheiden sollten. Neunundneunzig Prozent entschieden sich für „Mami" oder „Papi". ... Und keines meiner Kinder, die sich so entschieden hatten, hat später berichtet, während ihres Erlebnisses in Todesnähe einen von ihren Eltern gesehen zu haben, es* *sei denn, einer von ihnen wäre schon ‚tot' gewesen".* (KÜR 37) Die Hypothese der Wunschvorstellung dürfte damit also widerlegt sein.

Bei ihren langjährigen Sterbebettforschungen begleitete Kübler-Ross Hunderte von Kindern bis zum Tode. *„Ich sitze bei ihnen, beobachte sie in aller Stille, vielleicht halte ich auch ihre Hand. ... Kurz vor dem Tode stellt sich bei ihnen oft eine friedliche Feierlichkeit ein, was immer auf ein bedeutsames Anzeichen hinweist. In diesem Moment frage ich sie, ob sie bereit und fähig seien, ihre augenblicklichen Erlebnisse mit mir zu teilen. Und sie antworten mir oft in ähnlichen Worten wie jenes Kind, das sagte: „Alles ist jetzt in Ordnung. Meine Mutter und Peter warten schon auf mich." Ich wußte bereits zu dieser Zeit, dass seine Mutter schon am Unfallort gestorben war, doch daß sein Bruder Peter bereits gestorben sein sollte, davon war mir noch nicht berichtet worden. Kurze Zeit darauf nahm ich einen Anruf vom Kinderkrankenhaus entgegen. Man teilte mir mit, daß Peter vor zehn Minuten gestorben sei."* (KÜR 66)

Noch ein Erlebnis ganz besonderer Art, von dem Kübler-Ross berichtet, möchte ich hier wiedergeben:

Eine junge amerikanische Indianerin wurde auf der Straße angefahren und lag im Sterben, der Fahrer flüchtete. Ein anderer Fahrer hielt an, um ihr zu helfen. Sie erklärte ihm ganz ruhig, es gäbe nichts mehr zu helfen, sie bäte ihn aber um einen Gefallen: Wenn er zufällig mal in die Nähe des Indianerreservats, aus dem sie stamme, käme, möge er doch ihrer Mutter ausrichten, dass es ihr gut ginge und dass auch ihr Vater bereits bei ihr sei. *„Daraufhin starb sie in den Armen des Fremden."* Tief berührt durch dieses Ereignis, machte sich der Mann sofort auf den über tausend Kilometer weiten Weg zu jenem Indianerreservat und erfuhr dort, dass der Vater der verunglückten jungen Frau nur eine Stunde vor deren Tod an Herzversagen gestorben sei. (KÜR 67f)

Eine ganz besondere Art der Begegnung mit Verstorbenen schildert der *„renommierte Harvard-Hirnexperte"* (so DIE WELT am 27.01.2013 in der Besprechung des Buches *„Proof of Heaven"* auf der Internetseite .welt.de/110284211; s. auch Kap. 2, 1.) Eben Alexander: Dieser Autor erzählte nach seiner Genesung, er sei von einer wunderschönen jungen Frau, deren Gesicht er sehr genau beschreiben konnte, in die *„beglückendste Welt, die er je sah"* geleitet worden. Später stellte sich aufgrund eines Fotos heraus, dass dieses Mädchen identisch war mit seiner ihm bis dahin unbekannten und bereits verstorbenen Schwester, der Tochter seiner leiblichen Mutter, die ihn als Baby zur Adoption freigegeben hatte. Man hat aus solchen Fallbeschreibungen den

Eindruck, als spielte die biologische Verwandtschaft auch im Zustand des nicht-materiellen Bewusstseins eine besondere Rolle.

<u>Warum sind mir diese Berichte so wichtig? Weil sie den immer wieder gehörten Einwand widerlegen, dass diejenigen, die Todesnähe-Erfahrungen gehabt haben, ja gar nicht wirklich tot waren und deshalb ihre Berichte ohne Belang seien. Es kann nicht deutlich genug betont werden, dass dieser Einwand gänzlich am Wesentlichen vorbeiführt:</u> Denn es geht in meiner Argumentation ja nur darum, dass es ein vom Körper völlig unabhängiges, nicht-materielles (und damit auch nicht-energetisches) Bewusstsein gibt, das mit dem Tode des Körpers nicht auch stirbt, sondern zeitlich unbegrenzt existiert. Nun sehen wir an den geschilderten Begegnungen mit Verstorbenen, dass diese in der gleichen Erscheinungsform bzw. Seinsweise, wie man sie während der NTE hat, über viele Jahre hin existieren, offenbar beliebig lange nach dem Tode des Körpers! Die NTE ist also kein vorübergehender Zustand im Umfeld des körperlichen Sterbens, sondern der Beginn einer Erfahrung von langer, uns noch unbekannter Dauer.

Van Lommel spricht in seiner Komplementaritätstheorie deshalb von „*endlosem Bewusstsein*" (s.u.), und wir wissen nun, dass es sich nicht um Wunschvorstellungen handelt.

In Diskussionen hierüber habe ich festgestellt, dass man sich den „Zustand", die „Erscheinungsform" oder die „Seinsweise", in dem sich der Betroffene und die von ihm gesehenen, schon zuvor Verstorbenen während einer NTE befinden, nicht recht vorstellen kann. Die bisherigen Schilderungen geben aber einige Hinweise: Man hat offenbar einen „Körper", denn diejenigen, denen im irdischen Leben Körperteile fehlten, empfinden sich nun als ganz und heil. Und man erfasst sofort und unmissverständlich die Identität der Verstorbenen, man kann sie „sehen" und „hören", sie haben also Gestalt und Gesicht. Und man verständigt sich direkt, durch Gedanken. Diese „geistigen Individuen" sind offenbar identisch mit dem „Geist" oder dem „Selbst" nach Eccles'scher Diktion oder mit dem „nicht-materiellen oder endlosen Bewusstsein" van Lommels oder mit dem religiösen Begriff „Seele".

7. Wissen

Es ist oben schon kurz angedeutet worden, dass manche Menschen, vor allem solche mit einer lange währenden NTE, an einem Wissen teilhaben, das nicht nur alles irdische Forschungswissen umfasst, sondern weit darüber hinausgeht.

Hier Ausschnitte aus einem typischen NTE-Bericht:

„*Im gleichen Augenblick durchdrang mich mit einem Schlag eine ungeheure Erkenntnis, ein umfassendes Wissen und Verstehen. ... Ich verstand, wie das Weltall entstanden war, woraus das Universum bestand, ich verstand das Handeln der Menschen. ... Krieg und Naturkatastrophen, alles hat seinen Sinn, seinen Grund. Es ist logisch. Ich begriff die Vergangenheit, die Gegenwart und die Zukunft. ... Ich sah und verstand – ohne zu urteilen – den Zusammenhang, die Kohärenz, die logische und manchmal weitreichende Konsequenz, die jede noch so kleine Handlung hat. Und zwar auf jeder Ebene und bis ins kleinste Detail ... Ich kannte und verstand die gesamte Mathematik, ... die Physik und die Quantenmechanik ... Ich erkannte auch, worauf alle Evolution hinausläuft, worin letzten Endes ihr Ziel liegt. ...*
Alles ist miteinander verbunden, alles ist untrennbar. ... Nein, dieses Wissen selbst durfte ich nicht mit hinüberbringen. Warum weiß ich nicht ..." (EB 62)

Das „Warum" mag viele Gründe haben. Der nächstliegende ist ja wohl, dass all' dieses Wissen weit über das Fassungsvermögen des menschlichen Gehirns und über unsere sprachlichen Darstellungsmöglichkeiten hinausgeht.

Raymond A. Moody („*Nachgedanken über das Leben nach dem Tod*", Rowohlt, 1978; nachfolgend MN ..) fasst zusammen, was er von denen, die eine sehr lange NTE erlebt hatten, über das Element „Wissen" erfahren hatte:
„*Mehrere Menschen haben mir erzählt, sie hätten während ihrer Begegnung mit dem ‚Tod' einen flüchtigen Blick erhascht auf einen ganzen in sich geschlossenen Seinsbereich, wo alles Wissen – das gewesene, das gegenwärtige und das zukünftige – zu koexistieren schien in einem gleichsam zeitlosen Zustand. ... Bei dem Versuch, über diesen Komplex in ihrem Sterbeerlebnis zu sprechen, haben alle zum Ausdruck gebracht, was sie da erlebt hätten, sei in seiner eigentlichen Bedeutung nicht darstellbar. Desgleichen stimmen alle darin überein, daß dieses Gefühl von umfassendem Wissen nach ihrer Rückkehr nicht fortdauerte ...*" (MN 24)
Auf die Frage Moody's nach der Form der Wissensübertragung, ob in Worten oder Bildern, gaben die Betroffenen an, dieses Wissen sei ihnen in allen Verständigungsformen, visuell, akustisch und gedanklich, übermittelt worden. Auch das Bild einer Wissensschule oder einer Bibliothek ist bemüht worden. Doch betonten alle, dass die Worte, mit denen man diese Erfahrung beschreiben könne, bestenfalls einen

schwachen Abglanz der Wirklichkeit, die sie wiederzugeben versuchten, vermitteln können.
Alle sagten auch, dass die Wissensvisionen sie nicht ent-, sondern ermutigt haben, in ihrem weiteren irdischen Leben mit besonderem Eifer zu lernen (MN 24). Und manche wurden auch vom Lichtwesen selber auf die Wichtigkeit des Wissenserwerbs hingewiesen (ML 75).

Kenneth Ring berichtet von einem jungen und an jeglicher Bildung völlig uninteressierten Mann mit High School Abschluss, der nach seinem Erlebnis ein Physikstudium begann, weil ihn das, was er in seiner NTE über Physik und vor allem Quantenphysik erfahren hatte, so sehr beeindruckt hatte. Davon waren ihm nur einige Erinnerungsfetzen geblieben, kleine Teile von Gleichungen und Formeln und der griechische Buchstabe ψ (psi) (der in Schrödingers Gleichung der Wellenfunktion eine zentrale Rolle spielt; HN). Den jungen Mann ließen diese bruchstückhaften Erinnerungen nicht mehr los, und schließlich beschaffte er sich in einer Bibliothek einige Physikbücher. Nachdem er die durchgearbeitet hatte, stellte er sich dem zuständigen College-Professor vor und erklärte ihm, dass er Physik studieren wolle. Der Professor sah ihn etwas ungläubig an und schrieb ihm schließlich vier Fachbücher auf, mit deren Lektüre er beginnen solle. Das waren genau die vier Bücher, und zwar die einzigen, die der junge Mann bereits gelesen hatte! (KR 110f)

Auch Eben Alexander ist bei seinen mehrfachen Aufstiegen in jenen göttlichen Bereich, den er Zentrum nennt (s. Kap. 2, 4.), ein tiefes Wissen zuteil geworden. Doch im Unterschied zu anderen Nahtoderfahrenen verblasste es nicht: *„Es steht mir bis zum heutigen Tage zur Verfügung und ist sehr viel klarer und deutlicher als alles Wissen, das ich während meiner Schulzeit erworben habe."* Und: *„Ich werde den Rest meines Lebens und noch viel mehr brauchen, um verarbeiten zu können, was ich dort oben gelernt habe."* (EA 74)
Die Art der Wissensvermittlung, ebenso wie die Fragestellung, war auch hier nonverbal: *„Die Gedanken drangen direkt in mich ein. Aber es waren keine Gedanken, wie wir sie auf der Erde haben. Sie waren nicht vage, immateriell oder abstrakt. Diese Gedanken waren massiv und unmittelbar ... und während ich sie empfing, war ich auf der Stelle und ohne jede Anstrengung in der Lage, Konzepte zu begreifen, für deren Verständnis ich in meinem irdischen Leben Jahre gebraucht hätte."* (EA 71) Als Vermittler zwischen dem göttlichen Ursprung des Wissens und ihm selber trat, wie schon in Kap. 2, 4. erwähnt, ein Lichtwesen in Gestalt einer „Lichtkugel" auf.

Eine höchst erstaunliche – und mit modernen Kosmologien kompatible – Information, die er im „Zentrum" erhielt, war die, „dass es nicht nur ein Universum gibt, sondern viele – in der Tat mehr, als ich begreifen konnte. Doch die Liebe war das Herzstück von ihnen allen. Auch das Böse war in jedem anderen Universum präsent, aber nur in winzigen Mengen. Das Böse war notwendig, denn ohne es war die Ausübung des freien Willens nicht möglich. Und ohne freien Willen konnte es kein Wachstum geben – keine Vorwärtsbewegung und keine Chance für uns, das zu werden, was sich Gott für uns ersehnte." (EA 73; vergl. auch Teil 2, Kap. 1, 3.; hier wird dieses Argument unter religionsphilosophischen Gesichtspunkten ausführlich behandelt)

8. Kommunikation mit dem Lichtwesen

Zu den besonders tiefen und eindrücklichen Elementen der Nahtoderfahrungen gehört die Kommunikation mit dem Lichtwesen, von der in der niederländischen prospektiven Studie 23% der 62 Herzpatienten, die sich an eine NTE erinnern konnten, berichtet haben. (EB 155)
Auch die anderen, oben genannten Nahtodforscher stellen die Begegnung mit dem Licht oder dem Lichtwesen – wie es viele der Betroffenen genannt haben – als das Erlebnis mit der tiefsten Wirkung auf den Einzelnen dar. Denn vor allem diesem Licht und der von ihm ausgehenden Liebe, die an nichts Irdischem ihr Maß hat, ist es zu verdanken, dass die Betroffenen ihre Furcht vor dem Tode gänzlich verloren haben und am liebsten in Gesellschaft dieses Lichtes bleiben wollten. Dem steht auch nicht entgegen, dass im Beisein dieses Lichtes eine Lebensrückschau stattfindet, während der man sein ganzes Leben, alle Taten und Unterlassungen, nach dem Maßstab der Liebe bewerten muss.
Die Kommunikation mit dem Licht ist direkt, also ohne eine vermittelnde Sprache, ein Austausch von Gedanken. Von diesem Licht, das eine große Anziehungskraft ausübt, erfährt man nur absolute Akzeptanz und bedingungslose Liebe – bedingungslos, das heißt, seine Liebe ist völlig unabhängig von den Taten des Menschen, wie schlecht sie auch seien. Es ist, als ob es selber Liebe wäre, jedenfalls aber auch Weisheit und tiefes Wissen.

Hier Auszüge aus einigen Originalberichten:

„Ich sah in der Ferne ein Licht, wie ich es auf Erden noch nie gesehen hatte. So rein, so intensiv, so vollkommen. Ich wusste, dies war ein

Wesen, zu dem ich gehen musste. ... Mir war plötzlich klar: Zeit und Raum gab es hier nicht. Alles war immer gegenwärtig. Und das gab mir ein unbeschreiblich friedliches Gefühl. Das erlebte ich gleichzeitig mit dem Licht, das die Krönung allen Seins war, aller Energie und Liebe und vor allem aller Wärme und Schönheit." (EB 61f)

"Dann geht es immer schneller und schneller ... Man hat das Gefühl, sich mindestens mit Lichtgeschwindigkeit fortzubewegen. ... Und dann kommt man zum Ende des Tunnels, und dieses Licht ist nicht einfach nur Helligkeit am Ende des Tunnels – es ist so unbeschreiblich hell, dieses Licht. Es ist rein und weiß. ... Aber dieses Licht tut den Augen überhaupt nicht weh (kein Wunder, man hat ja in diesem Zustand keine physischen Augen, überhaupt nichts Physisches; man ist reines, nicht-materielles Bewusstsein! HN) *... Das nächste, was man spürt, ist dieses herrliche, wirklich herrliche Gefühl, das von dem Licht ausgeht – fast wie von einer Person. Aber es ist keine Person, sondern ... eine Art Wesen. ...
Dann geschieht es, das Licht kommuniziert mit einem, und zum ersten Mal im Leben ... spürt man wahre, reine Liebe. Es lässt sich nicht mit der Liebe einer Frau oder der Liebe zu seinen Kindern vergleichen, auch nicht mit einer intensiven sexuellen Erfahrung, die mancher vielleicht als den schönsten Augenblick in seinem Leben betrachtet – nichts davon läßt sich auch nur im geringsten damit vergleichen. All diese wunderbaren Gefühle zusammen lassen sich nicht mit jenem Gefühl wahrer Liebe vergleichen. Wenn man sich vorstellen könnte, wie wahre Liebe ist, dann müsste es dieses Gefühl sein, das einem dieses strahlende weiße Licht entgegenbringt."* (KR 52f)

Wie in Kap. 2, 4. bei der Besprechung der außerkörperlichen Erfahrungen bereits erwähnt, hatte der Neurochirurg Eben Alexander in seiner besonders tiefen und lange währenden NTE von der Norm abweichende Lichtwesen erlebt: Zunächst begleitete ihn *"eine schöne, junge Frau"*, deren *"liebliches Gesicht"* (*"hohe Wangenknochen"*, *"tiefblaue Augen"*, *"goldbraune Locken"*) und Kleidung (*"einfach"*, *"Puderblau, Indigo und ein zartes Pfirsich-Orange"*) er sehr genau beschreiben konnte. Wie sich später anhand eines Fotos herausstellte, war es seine früh verstorbene leibliche Schwester, die er nie kennengelernt hatte (seine Mutter hatte ihn als Kleinkind zur Adoption freigegeben, später aber noch Kinder geboren und aufgezogen). Der Blick dieser engelhaften, jungen Frau *"ging über all die verschiedenen Arten von Liebe hinaus, die wir hier auf Erden kennen. Es war etwas Höheres, das all die anderen Arten von Liebe in sich trug und gleichzeitig echter und reiner war als sie alle zusammen."* (EA 62) Sie übermittelte ihm, ohne gesprochene Worte, eine Botschaft: *"Du wirst für immer zutiefst geliebt*

und geschätzt. Du hast nichts zu befürchten. Du kannst nichts falsch machen." (EA 63)
Im „Zentrum", jener unermesslich großen, *„aber auch unendlich tröstlichen"* rabenschwarzen Leere, trat ein Lichtwesen in Gestalt einer strahlenden, lebenden Kugel an die Stelle der schönen Begleiterin und übermittelte die Botschaften des Schöpfergottes, der diese unendliche Weite ausfüllte und dem nicht-materiellen Bewusstsein des Nahtoderfahrenen doch so distanzlos nahe war. Alexander hat ihn in seinen ursprünglichen Aufzeichnungen *„das Om"* genannt, nach dem Klang, den er *„im Zusammenhang mit dem allwissenden, allmächtigen und bedingungslos liebenden Gott gehört hatte."* (EA 72) Der Ursprung der Liebe war also offenbar diese Gottheit, welche die unermessliche Weite des „Zentrums" ausfüllte.

9. Lebensrückschau

Die Lebensrückschau erleben die meisten Menschen in Anwesenheit des Lichts (EB 63); vielleicht ist es auch so, dass das Licht(wesen) selber dem Sterbenden das Panorama seines Lebens vorführt, wie Moody es formuliert. *„Wie oftmals klar zutage tritt, sieht das Wesen das ganze Leben des Individuums ausgebreitet vor sich liegen und benötigt seinerseits keinerlei Informationen. Seine Absicht ist es allein, zur Rückbesinnung anzuregen."* (ML 71)

Von der Geburt oder der frühen Kindheit bis zur augenblicklichen Krise erlebt man, gleichzeitig als Zuschauer und als Beteiligter, nicht nur seine Handlungen und Äußerungen, sondern auch Gedanken des vergangenen Lebens erneut. Dabei kennt man nicht nur die eigenen Gefühle und Gedanken, sondern auch die der anderen, da man mit ihnen verbunden ist (EB 63), d.h. man erlebt die Konsequenzen eigenen Tuns und Unterlassens für andere: man leidet mit ihnen, man freut sich mit ihnen. Die meisten Menschen, die das erlebten, zeigten sich tief bewegt, viele auch beschämt, aber niemand fühlte sich verurteilt.
Und das Licht bringt einen dazu, all' dies nach dem Maßstab der Liebe zu bewerten. Übrigens nie nach formalen oder kirchlichen Maßstäben, welche eine Religion setzt. Die Zugehörigkeit zu einer Religionsgemeinschaft spielt hier überhaupt keine Rolle.

Ungeachtet dessen bin ich der Meinung, dass die Kenntnis dieser Erfahrungen keineswegs ein Hindernis für einen religiösen Glauben zu sein braucht, der die Weiterexistenz des menschlichen Bewusstseins nach dem körperlichen Tod und die Liebe als entscheidenden Maßstab

für die Bewertung des Lebens zum Gegenstand hat. Ich darf hier auf den zweiten Teil der vorliegenden Schrift mit dem Titel „Gottesbilder" verweisen und auch auf einen Text der Päpstlichen Kongregation für die Glaubenslehre vom 17.5.1979: *„Die Kirche hält an der Fortdauer ... eines geistigen Elements nach dem Tod fest, das mit Bewusstsein und Willen ausgestattet ist, so dass das `Ich des Menschen` weiter besteht."* (JB 115)
In der evangelischen Kirche, die sehr lange an der Ganztod-Lehre (JB 112) festgehalten hat und es zum Teil wohl jetzt noch tut, hat sich erfreulicherweise ein Wandel eingestellt, wie aus einem Dokument der *„Evangelischen Zentralstelle für Weltanschauungsfragen"* (JB 114) und z.B. auch aus dem sehr positiven Vorwort der Hauptpastorin und Pröbstin von Hamburg (jetzt Landesbischöfin), Kirsten Fehrs, zu dem Buch des evangelischen Theologen und Pädagogen Jörgen Bruhn *„Blicke hinter den Horizont. Nahtoderlebnisse: Deutung – Bedeutung"* hervorgeht.

Wer nun meint, dass es unter solchen Umständen nicht so wichtig ist, wie man gelebt hat, sei darauf hingewiesen, dass man ja auch Leiden miterlebt, die man anderen zugefügt hat! Davon, wie sich das auf die weitere Existenz des nicht-materiellen Bewusstseins jenseits der Grenze der Rückkehrmöglichkeit auswirkt, hat naturgemäß noch niemand berichten können. Von einem *„Reich der verwirrten Geister"* erzählen einige der Gewährsleute Moody's; hier handelt es sich offenbar um menschliche Seelen, die ihre irdische Existenz nicht loslassen können (MN 34f).

Höchst erstaunlich ist, dass in der Phase der Lebensrückschau, die ja nach materiellem Maßstab auf die wenigen Minuten des klinisches Todes beschränkt ist, das ganze Leben Revue passiert, ohne dass Zeit und Entfernung noch irgendeine Rolle spielen. So kann man z.B. im selben Augenblick an einen Ort gelangen, auf den man gerade eben seine Aufmerksamkeit gerichtet hat (EB 63). Oder man denkt an eine Person und ist instantan, d.h. ohne Zeitverzögerung, bei ihr.
Und man erlebt nicht nur die eigenen Gefühle und Gedanken in diesem Lebenspanorama, sondern auch die der Personen, mit denen man zu tun hatte – d.h. man ist mit ihnen „verbunden" in einem mehr als nur psychischen Sinne.

Das sind Besonderheiten, die für die später zu erörternden Beziehungen zur Quantenphysik von großer Bedeutung sind!

Ich möchte aus der Vielzahl der veröffentlichten Lebensrückschauen nur eine einzige beispielhaft und im Ausschnitt zitieren (EB 64):

„*Mein ganzes Leben bis zum heutigen Tag schien sich in einer Art panoramaartigem dreidimensionalem Rückblick vor mir auszubreiten. Jedes Ereignis wurde von einem Wissen über Gut und Böse oder der Einsicht in seine Ursachen und Folgen begleitet. Ich betrachtete alles nicht nur ausschließlich aus meiner Warte, sondern kannte auch die Gedanken aller anderen, die an diesem Ereignis beteiligt waren, als wären ihre Gedanken in mir. Ich konnte nicht nur sehen, was ich getan und gedacht hatte, sondern sogar wie mein Handeln andere beeinflusst hatte – als sähe ich mit allwissenden Augen. Auch die Gedanken gehen nicht verloren. Und immerfort wurde während des Rückblicks die Bedeutung der Liebe bezeugt. Im Nachhinein kann ich nicht sagen, wie lange dieser Lebensüberblick oder diese Lebenserkenntnis dauerte. Es kann eine ganze Weile gewesen sein, denn jeder Punkt wurde berührt. Andererseits erschien es mir nur wie der Bruchteil einer Sekunde, da ich alles gleichzeitig wahrnahm. Zeit und Distanz waren anscheinend nicht mehr existent. Ich war überall gleichzeitig, manchmal wurde meine Aufmerksamkeit auf etwas gelenkt und schon war ich dort.*" (EB 64)

Wenn man all' diese Berichte über glückhafte, oft geradezu beseligende Erfahrungen im Nahtod-Zustand liest, liegt der Gedanke nahe, dass manche labile Gemüter dies zum Anlass nehmen könnten, den Bedrängnissen ihres Lebens durch Suizid zu entfliehen. Diesem schwierigen Thema widmet Jörgen Bruhn auf der Grundlage jahrzehntelanger Beschäftigung mit dem Phänomen Nahtoderfahrung aus theologischer, philosophischer und pädagogischer Sicht in seinem schon mehrfach erwähnten Buch „*Blicke hinter den Horizont*" ein eigenes Kapitel. Weil mein Thema ein anderes ist, kann ich hier nicht näher darauf eingehen. Nur soviel sei gesagt, dass die Probleme, denen man durch Selbstmord zu entgehen sucht, nach nahezu einhelliger Erfahrung der Betroffenen im Zustand des nicht-materiellen Bewusstseins weiter bestehen (JB 185-192). Auch Moody (MN 61-68) und van Lommel (EB 373) bestätigen dies, wobei Letzterer darauf hinweist, dass die Einsichten aus der erinnerten NTE (bei der auch Liebe und Verständnis erfahren werden können) einen zweiten Suizidversuch fast immer verhindern.

Kapitel 3

Neuere medizinische Befunde zum Themenkomplex Gehirn und Bewusstsein

Zunächst einmal ist wichtig abzuklären, ob während einer NTE nicht doch Bereiche im Gehirn aktiv sind, welche ein vollkommen klares Bewusstsein der geschilderten Art ermöglichen. Jedenfalls ist dies ein oft geäußerter Einwand gegen die Theorie eines körperunabhängigen Bewusstseins.
Hierzu greife ich die Frage van Lommels auf (EB 172):

1. Was geschieht während eines Herzstillstands im Gehirn?

Darüber liegen konkrete medizinische Befunde vor, die während eines vorsätzlich erzeugten Herzstillstandes erhoben werden. Ein kurzfristiger, kontrollierter Herzstillstand wird bei der Implantation eines „Internen Defibrillators" (ICD) erzeugt. Dieses Gerät fungiert bei Bradykardie bzw. wiederkehrenden, lebensbedrohlichen Herzrhythmusstörungen als Herzschrittmacher.
Dabei wird ein EEG aufgezeichnet und die Blutzufuhr zum Gehirn gemessen (mittels Doppler-Sonographie der mittleren Hirnschlagader). Die Blutzufuhr fällt beim Herzstillstand völlig aus, nicht nur bei einem vorsätzlich erzeugten, sonder bei jedem Herzstillstand – nur, bei ersterem werden stets die erwähnten Messungen durchgeführt, während bei der Reanimation eines Patienten mit plötzlichem Herzstillstand normalerweise kein EEG aufgezeichnet wird, denn hier kommt es auf jede Sekunde an.

Infolge der ausfallenden Blutzufuhr kommt es im Gehirn zu Sauerstoffmangel und in dessen Folge zum Ausfall aller elektrischen Aktivität in der Hirnrinde, an welche der Elektroenzephalograph angeschlossen ist. Die genannten Messungen ergaben, dass bereits zehn bis zwanzig Sekunden nach Einsetzen des Herzstillstands in allen Fällen eine Null-Linie auf dem EEG zu sehen war. Auch in tieferen Schichten des Gehirns war – in Tierversuchen – nach sehr kurzer Zeit keine elektrische Aktivität mehr messbar.

Es geht aber gar nicht darum, ob es irgendwo im Gehirn noch irgendeine messbare Aktivität gibt, sondern darum, ob die spezifischen Formen von

Gehirnaktivität vorhanden sind, die nach Auffassung der modernen Neurowissenschaften für eine bewusste Erfahrung notwendig sind, nämlich das Zusammenwirken von Hirnrinde und bestimmten Strukturen des Hirnstamms, die über den Thalamus und den Hippocampus (Bereiche im Inneren des Gehirns) miteinander verbunden sind. Und gerade diese spezifischen Formen von Gehirnaktivität lassen sich bei Patienten mit Herzstillstand im EEG überhaupt nicht mehr erkennen (EB 176), denn „*während eines Herzstillstands ist die Tätigkeit der Hirnrinde, des Thalamus, des Hippocampus und des Hirnstamms ebenso ausgefallen, wie auch alle Verbindungen zwischen ihnen.*" (EB 209)

Dennoch hat eine Reihe von Patienten während eines solchen zeitweiligen Ausfalls dieser entscheidenden Hirnfunktionen ein Bewusstsein erlebt, das in seiner Klarheit alle ihre bisherigen Erfahrungen übertrifft, und zwar außerhalb ihres Körpers und vollkommen unabhängig davon!

Ein eindrucksvolles Beispiel schildert van Lommel auf den Seiten 183 – 190. Hier handelte es sich nicht um eine Herz- sondern um eine Gehirnoperation. Bei einer solchen wird die elektrische Aktivität der Hirnrinde und des Hirnstamms ständig aufgezeichnet, d.h. es liegt eine lückenlose Dokumentation aller medizinisch relevanten Abläufe vor.
Dieser Fall hat eine gewisse Berühmtheit erlangt, er wurde von der BBC und dem deutschen Fernsehen verbreitet und von dem Kardiologen Michael Sabom ausführlich beschrieben.
Zu operieren war ein sehr großes Aneurysma (d.i. eine ballonförmige, blutgefüllte Ausweitung) in einer Hirnschlagader der 35-jährigen Patientin Pamela Reynolds. Ihre Überlebenschancen waren ohne Operation gering, aber auch die OP selbst war besonders schwierig, weil das Aneurysma an der Schädelbasis unter dem Hirnstamm lag, daher schwer zu erreichen war und leicht platzen konnte – mit katastrophalen Folgen.
Nur wenige Institutionen bzw. Ärzte sind in der Lage, einen so risikoreichen Eingriff vorzunehmen. Bereit dazu war der Neurochirurg Dr. Robert Spetzler am Barrow-Institut für Neurologie in Phoenix Arizona.
In einem Interview mit der BBC beschrieb er die Besonderheiten des Vorgehens, was in Anbetracht der außerkörperlichen Erfahrung der Patientin von entscheidender Bedeutung ist:

Den für diesen Fall gewählten Operationstypus bezeichnet man als hypothermischen Herzstillstand. Die Körpertemperatur wird dabei auf 10 bis 14 °C gesenkt, Herz und Atmung setzen aus, das Blut entweicht gänzlich aus dem Kopf (was durch Hochstellen des Kopfendes des OP-Tisches gefördert wird) und das EEG schwächt sich zu einer geraden

Linie ab. Das Gehirn wird völlig stillgelegt, alle Stoffwechselvorgänge darin kommen zum Erliegen. In einem solchen Zustand ist keine messbare Aktivität des Gehirns mehr vorhanden. Eine Stunde lang ist der Patient dann klinisch tot.

Kurz vor Beginn der Operation nach diesem Typus wurde die Patientin Pamela Reynolds anästhesiert, ihre Augen wurden mit Pflastern abgeklebt, in ihre Ohren wurden kleine Impulsgeneratoren gesteckt und es wurde ein EEG angeschlossen. Schließlich wurde die Patientin ganz zugedeckt, mit Ausnahme des zu bearbeitenden Kopfbereichs.

Die Operation war erfolgreich und später berichtete die Patientin schriftlich und auch mündlich während der BBC-Sendung:

Das erste, was sie während ihres klinischen Todes wahrnahm, war ein Geräusch, ein unangenehmes Geräusch. *„Und ich erinnere mich, dass es auf meinem Kopf anfing zu kribbeln und ich irgendwie aus meinem Kopf herausrutschte. Je mehr ich mich von meinem Körper entfernte, desto deutlicher wurde das Geräusch. Und als ich nach unten sah, konnte ich nach und nach verschiedene Dinge im Operationssaal erkennen. Nie im Leben hatte ich etwas so klar wahrgenommen. Und dann schaute ich auf meinen Körper hinab, und dabei wusste ich, dass es mein Körper war. Aber das kümmerte mich nicht. Ich dachte nur, seltsam wie sie mir den Kopf rasiert haben. Ich hatte erwartet, sie würden mich kahl scheren, aber das hatten sie nicht getan …*
Meine Position, von der aus ich alles beobachtete, lag ungefähr auf Schulterhöhe des Chirurgen. Es war keine normale Wahrnehmung, sie war klarer, gezielter und schärfer als übliches Sehen. Im Operationssaal gab es viele Dinge, die ich nicht kannte, und eine ganze Menge Leute. Ich erinnere mich an das Instrument in der Hand des Chirurgen, es sah aus wie der Griff meiner elektrischen Zahnbürste. Ich dachte, sie würden meinen Schädel mit einer Säge öffnen. Ich hörte, dass sie von einer Säge sprachen, aber was ich sah, glich eher einem Bohrer. In einem Kästchen lagen sogar alle möglichen Ersatzbohrer. … Ich sah den Griff dieses Bohrers, aber ich sah nicht, wie sie damit in meinem Kopf arbeiteten. Aber ich hörte es, einen hohen surrenden Ton. Und ich erinnere mich an die Herz-Lungen-Maschine. … Und ich hörte ganz deutlich, wie eine Frauenstimme sagte: ‚Wir haben ein Problem. Ihre Arterien sind zu eng.' Und dann eine Männerstimme, die erwiderte: ‚Versuch es an der anderen Seite.' Diese Stimme kam offenbar vom unteren Teil des Operationstischs. Ich erinnere mich deutlich, dass ich mich fragte, was sie da zu suchen hätten, denn schließlich fand hier doch eine Gehirnoperation statt! Sie öffneten gerade Blutgefäße in meiner Leiste, um mir so Blut abnehmen zu können. Aber das kapierte

ich nicht." (Tatsächlich ging es auch gar nicht um Blutabnahme, sondern darum, den Zugang zur Herz-Lungen-Maschine zu legen; HN.)

Danach spürte Pamela Reynolds die Präsenz von jemandem. Als sie sich umdrehte, sah sie einen kleinen Lichtfleck, von dem sie sich angezogen fühlte, und sie wurde auch angezogen, *„in unglaublicher Geschwindigkeit aufwärts."* Es kam ihr vor wie in einem Tunnel, *„aber dann war es doch kein Tunnel."* In dem Licht, das *„unglaublich hell"* war, erkannte sie viele Leute, darunter nahe Verwandte. Sie hielten sie davon ab, weiterzugehen, und bedeuteten ihr, dass sie sonst nicht mehr zurück könne. Zwar wollte sie *„mit dem Licht verschmelzen"*, aber der Gedanke an ihre Kinder ließ sie dann doch zurückkehren.

Der Neurochirurg Dr. Spetzler kommentierte dies so:
„Ich glaube nicht, dass ihre Wahrnehmungen auf dem beruhten, was sie gesehen hatte, als sie in den Operationssaal kam. Ich fand, dass Pamelas Beobachtungen während ihrer Operation ganz genau dem entsprachen, was damals geschehen war. Sie hatte die Knochensäge, mit der wir ihren Schädel öffneten, gesehen. Sie hat wirklich Ähnlichkeit mit einer elektrischen Zahnbürste. Das hatte sie (vorher! HN) *einfach nicht sehen können! Auch den Bohrer nicht, die Instrumente, all diese Dinge waren ... noch verpackt* (als die Patientin in den OP geschoben wurde; HN). *Man packt sie erst aus, wenn der Patient vollkommen anästhesiert ist; so gewährleistet man möglichst lange eine sterile Umgebung. Und dass sie das Gespräch zwischen mir und der Gefäßchirurgin so genau gehört hat ... Unbegreiflich ... In dieser Phase der Operation kann kein Patient etwas sehen oder hören. Und ... Ich kann mir nicht vorstellen, dass ein normales Gehör etwas wahrgenommen hat, schon wegen der Impulsgeneratoren, die in ihren Ohren steckten* (und laut klickende Geräusche verursachen; HN). *Es gab überhaupt keine Möglichkeit, über die normalen Hörkanäle etwas zu registrieren."*
(Die in Normalschrift geschriebenen Anmerkungen in Klammern innerhalb der Zitate beziehen sich teils auf Erläuterungen van Lommels, teils erschienen sie mir nötig, weil die Äußerungen Dr. Spetzlers sonst missverständlich gewesen wären.)

Ich glaube, diese Ausführungen sprechen für sich und ganz eindeutig für die Hypothese, dass es ein Bewusstsein gibt, welches den Körper in bestimmten Zuständen desselben verlassen und unabhängig von ihm wahrnehmen, denken und fühlen kann. Und auch mit der Theorie des Neurophysiologen John C. Eccles sind die Befunde kompatibel.

Bevor ich zum nächsten Thema "Quantenphysik und Bewusstsein" übergehe und damit an die oben beschriebene Eccles'sche Theorie anknüpfe, möchte ich noch auf das für unsere Überlegungen wichtige Phänomen der **Neuroplastizität** hinweisen.
Danach kann das Bewusstsein selber auf die Funktionen und sogar auf die Anatomie des Gehirns Einfluss nehmen. (Vgl. auch den letzten Abschnitt dieses Kapitels!)
Die entsprechenden Untersuchungen der Gehirnaktivitäten wurden mittels modernster technischer Verfahren durchgeführt, nämlich mit „Funktioneller Magnetresonanz-Tomographie" (fMRT) und „Positronen-Emissions-Tomographie" (PET-Scans). (EB 214f)

So wurden z.b. depressive Patienten einerseits einer „kognitiven Verhaltenstherapie" unterzogen oder ihnen wurden Antidepressiva verabreicht, andererseits erhielten sie Placebos. Nach der Behandlung waren bei den Placebo-Patienten die gleichen neurologischen Verbesserungen nachweisbar wie bei den anders behandelten Patienten. Es hat also allein schon der Gedanke an eine erfolgreiche Behandlung zu einer deutlichen objektiven Veränderung der Gehirnfunktionen geführt. Auch in verschiedenen anderen Studien, z.B. an Parkinson-Patienten, führt die Placebo-Behandlung zu einem veränderten Reaktionsmuster in Gehirn und Körper, wobei der Erwartungshorizont eine große Rolle spielte (EB 215; nach dem Neurowissenschaftler Mario Beauregard in der Fachzeitschrift *Progress in Neurobiology*, 81 (4), 218-236).

In seinem Buch „*The Spiritual Brain. How Neuroscience is Revealing the Existence of the Soul*" (New York, Harper-One, 2007) kommt Beauregard zu dem Schluss, dass ein materialistischer Standpunkt zur Erklärung der Beziehung zwischen Bewusstsein und Gehirn aus neurowissenschaftlicher Sicht nicht länger vertretbar ist (EB 219).
Eccles hätte sich gefreut, das zu lesen!

Ein sehr auffälliges und bedeutsames Phänomen in NTE ist es, dass sowohl im Lebensrückblick als auch bei den außerkörperlichen Erfahrungen und bei den Begegnungen mit Verstorbenen Zeit und Ort keine Rolle mehr spielen. Man kann sich instantan (ohne jeden Zeitaufwand) an einen bestimmten Ort „denken", alle Ereignisse der Vergangenheit sind gespeichert und augenblicklich abrufbar, und zwar nicht nur als Erinnerungsbild, sondern so, dass man sich in der betreffenden Situation befindet. Alles ist offenbar mit allem verbunden (z.B. empfindet man die Gefühle Anderer; s.o.) und alles scheint eins zu sein.

Das ist eine auffällige Analogie zu dem, was in der Quantenphysik „**Nicht-Lokalität**" und „**Quantenverschränkung**" genannt wird.

2. Quantenphysikalische Aspekte des nicht-materiellen Bewusstseins

John Gribbin, Physiker und sicher einer der derzeit besten Autoren populärwissenschaftlicher Bücher über Quantenphysik, beschreibt Experimente, welche beweisen, dass „*lokale realistische Auffassungen der Welt falsch sind.*" (JG 241)
Ein solches Experiment ist das als „***Jahrhundertexperiment***" bezeichnete (Brigitte Röthlein: „*Schrödingers Katze*", dtv, 7. Auflage 2011, S. 67f; BR..) des französischen Physikers Alain Aspect von 1982. Hier in extremer Vereinfachung: Er erzeugte gleichzeitig – d.h. aus einem Ursprung – zwei Photonen (Lichtteilchen), die mit Lichtgeschwindigkeit in entgegen gesetzte Richtungen auseinander fliegen. Ein solches Ereignis findet bei Kollision von einem Elektron (mit negativer Ladung) und einem Positron (mit positiver Ladung) statt; die beiden Teilchen vernichten sich gegenseitig unter Aussendung eines Lichtblitzes. Heute benutzt man allerdings Laserlicht, das in einem Kristall geteilt wird (Anton Zeilinger, Documenta 13, 2012). Solche „Zwillingsteilchen", die aus einer einzigen Quelle stammen, haben Eigenschaften, die miteinander in bestimmter Weise korreliert sind, z.B. bezüglich der Polarisation, d.h. der Schwingungsebene als Welle (Licht ist ja bekanntlich sowohl Teilchen als auch gleichzeitig Welle). Die Korrelation kann darin bestehen, dass die Schwingungsebene des einen Teilchens genau senkrecht zur Schwingungsebene des anderen Teilchens steht.
Als man nun die Polarisationsrichtung des einen Photons (während seines Fluges!) experimentell änderte, änderte auch das andere seine Polarisationsrichtung, so dass die ursprüngliche Korrelation exakt wieder hergestellt war – und zwar „instantan", d.h. ohne jeden Zeitverzug, also mit „unendlicher" Geschwindigkeit.
Woher „wusste" aber nun das eine Photon, dass das andere seine Schwingungsebene geändert hatte? Keinesfalls durch eine Informationsübertragung, denn die kann nur mit Lichtgeschwindigkeit erfolgen. Das Photon reagierte aber instantan, also schneller als mit Lichtgeschwindigkeit!

Tatsächlich jedoch blieben die beiden Photonen Teile eines einzigen Systems. Solche Systeme aus zwei oder mehr gleichartigen Teilchen, die aus einer einzigen Quelle stammen, nennt man nach dem österreichischen Physiker Erwin Schrödinger „*verschränkte Systeme*". Bei den Teilchen kann es sich natürlich auch um Materieteilchen handeln, wie beispielsweise Elektronen oder noch größere Objekte. Schrödinger bezeichnete diese Verschränkung als das wesentliche Charakteristikum der Quantenphysik (AZ 67). Und deshalb schrieb der Quantenphysiker d'Espagnat: „*Wir können jetzt getrost sagen, dass Nichttrennbarkeit* (von Systemen) *jetzt einer der am besten gesicherten allgemeinen Begriffe der Physik ist.*" (JG 244) Der Quantenphysiker Anton Zeilinger schließt aus dieser „*Quantenverschränkung von Photonenpaaren* (auf) *die Unhaltbarkeit eines realistischen Weltbildes*" (Documenta 13, 2012; s. auch JG 241).

Manche Forscher glauben, dass hinter diesem merkwürdigen Verhalten eine geheime Art von Verbundenheit steckt. „*David Bohm, Physikprofessor in London, glaubt, dass das, was wir als getrennte Teilchen sehen, gar nicht getrennt ist, sondern zu einem ‚tieferen Realitätsbereich' gehört, der eine uns unbekannte, implizite Ordnung enthält.*" (BR 72)
Und John Gribbin folgert:
„*Praktisch alles, was wir sehen und anfassen können, besteht aus Anhäufungen von Teilchen, die mit anderen Teilchen irgendwann einmal in Wechselwirkung standen, bis hin zurück zum Urknall, mit dem das Universum, wie wir es kennen, entstanden ist. Die Atome in meinem Körper bestehen aus Teilchen, die sich in dem kosmischen Feuerball einst dicht an dicht mit anderen Teilchen drängten, die jetzt Bestandteil eines fernen Sternes sind, und auch mit Teilchen, die vielleicht den Körper eines Lebewesens auf einem fernen, noch unentdeckten Planeten bilden. Ja, die Teilchen, aus denen mein Körper besteht, drängten sich einst dicht an dicht und wechselwirkten mit den Teilchen, die jetzt Ihren Körper bilden. Wir - Sie und ich – sind ebenso Bestandteil eines einzigen Systems wie die zwei Photonen, die beim Aspect-Experiment auseinanderfliegen.*" (JG 245)

Auch theoretische Physiker, wie z.B. d'Espagnat und David Bohm (s.o.), ziehen daraus Schlüsse, die unser ganzes bisheriges Alltagsweltbild auf den Kopf stellen, nämlich
„*dass buchstäblich alles mit allem zusammenhängt und Phänomene wie das menschliche Bewusstsein nur mit einer holistischen Betrachtung des Universums zu erklären sein werden.*" (JG 245; Hervorhebung von mir.)

Dies alles legt nun tatsächlich die Vermutung nahe, dass NTE nicht-lokale Ereignisse im quantenphysikalischen Sinne sind. D.h. die betroffenen Menschen erfahren offenbar den Übergang von unserer Welt mit ihrer vierdimensionalen Raumzeit (die 3 Raumkoordinaten und die

Zeit, die alle vier zusammen ein Raum-Zeit-Kontinuum bilden) in einen höherdimensionalen Raum (EB 223). In diesem höherdimensionalen, nicht-lokalen Raum gibt es keine Materie, nur Wahrscheinlichkeitswellen. *„Und es gibt dort eine verborgene Wirklichkeit, die unsere physische Welt auf Quantenniveau ständig beeinflusst."* (EB 225)
Diese etwas mysteriös erscheinende Formulierung wird vielleicht verständlicher, wenn man das Faktum berücksichtigt, dass *„alles in der makroskopischen Welt aus Teilchen besteht, die den Quantenregeln gehorchen. Alles, was wir als real bezeichnen, besteht aus Dingen, die nicht als real aufgefasst werden können; ..."* (JG 228) Nicht real in diesem Sinne wären die Wahrscheinlichkeitswellen, die erst durch Beobachtung oder Messung zur realen Teilchenwelt werden („kollabieren"; s.u. und Kapitel 4!)

In diesem Zusammenhang ist auch die Tatsache interessant, dass die Materie zu 99,9999... Prozent aus leerem Raum besteht – vergleichbar einem kleinen Sandkorn im Raum einer riesigen Kathedrale! (JG 275)

Und dass diese *„verborgene Wirklichkeit"* des nicht-lokalen Raumes tatsächlich ständig auf unsere physische Welt einwirkt, ist in berühmten Experimenten (z.B. dem Doppelspalt-Experiment; s. Anhang, Nr. 1) überzeugend bewiesen: die Beobachtung (z.B. durch den Experimentator oder seine Beobachtungsgeräte) beeinflusst das Verhalten von Teilchen auf Quantenniveau in ganz grundlegender Weise, z.B. wird aus einer Elektronenwelle ein reales Elektron (JG 180f). Und das erinnert wiederum daran, dass das Bewusstsein die Funktion und sogar die Anatomie des Gehirns (nach dem Göttinger Hirnforscher Gerald Hüther die Vernetzung der Neuronen) beeinflussen kann, und das nicht nur von der weiter oben beschriebenen Neuroplastizität her, sondern auch von Experimenten mit Hypnose. Wenn man z.B. einer hypnotisierten Person erzählt, man berühre sie mit einem heißen Gegenstand (in Wirklichkeit ist es aber nur der Bleistift des Experimentators), dann bilden sich auf ihrer Haut Brandblasen! So direkt kann das Bewusstsein selbst im makroskopischen Bereich wirken.

Manche hochrangige Naturwissenschaftler, vor allem die Quantenphysiker Eugene Wigner, Brian Josephson, John Wheeler und der Mathematiker John von Neumann, gehen sogar so weit, dass sie aus dem, was gesichert über den nicht-lokalen Raum bekannt ist (und hier nur punktuell und laienhaft angedeutet werden konnte), metaphysische Schlüsse ziehen – etwa derart, *„dass wir durch die Beobachtung der Photonen* (Lichtteilchen) *der kosmischen Hintergrundstrahlung, die ein Echo des Urknalls sind, den Urknall und das Universum erschaffen."* (JG

229) Dabei setzen sie voraus, dass das Bewusstsein grundlegender ist als Materie oder Energie (EB 232).
Van Lommel schließt sich der Interpretation dieser Fachleute an, „*nach der dieser nicht-lokale Raum mehr ist als eine arithmetische Beschreibung*" (was die Mehrheit der Quantenphysiker glaubt). Und er fasst - vielleicht etwas kühn, aber jedenfalls sehr anschaulich - zusammen:
„*Er ist auch ein metaphysischer Raum, in dem Bewusstsein Einfluß ausüben kann, …
Bewusstsein ist demnach also nicht–lokal und fungiert als Ursprung oder ‚Fundament' aller Dinge. Alle Materie beziehungsweise ‚physische Wirklichkeit' wird dieser Auffassung nach vom Bewusstsein geprägt.*" (EB 245)

Dem Ursprung unseres Bewusstseins widmet Van Lommel ein ganzes Kapitel:
„Gehirn und Bewusstsein" (EB 256 – 280).

Ich will hier versuchen, das aus meiner Sicht Wichtigste herauszufiltern.
Der Philosoph David Chalmers hat sich auf Bewusstseinsfragen spezialisiert und gibt einen Überblick über die derzeit gängigen sechs Theorien. Davon sind drei materialistisch-reduktionistische Modelle, von denen Chalmers überzeugt ist, sie falsifiziert zu haben. Das vierte ist das dualistisch-interaktionistische Modell von Eccles und Popper (s. vorn) und das sechste, von ihm favorisierte, nennt er „Pan(proto)psychismus". Danach „*enthalten alle materiellen Systeme auf einem grundlegenden oder wesentlichen Niveau eine Art subjektives Bewusstsein. Die ‚physische Wirklichkeit' wird demnach vom Bewusstsein geformt.*" (EB 258) Eine Vorstellung, die mit dem letztgenannten Zitat van Lommels und der Vorstellung der Wissenschaftler Wigner, Josephson, Wheeler und von Neumann (s.o.) inhaltlich offenbar weitgehend übereinstimmt.
Das Modell des Pan(proto)psychismus ist auch vollständig kompatibel mit den NTE, in denen ja bei Totalausfall aller Gehirnfunktionen nachweislich ein völlig körperunabhängiges erweitertes Bewusstsein beliebig weit entfernt vom Körper erlebt wird.

„*Darüber hinaus können Menschen, deren Gehirn normal funktioniert, unter Todesangst oder Stress eine NTE erleben, die mit außerkörperlicher Erfahrung einhergeht. …Neurophysiologische Studien haben gezeigt, dass aus der Messung von Gehirnaktivitäten keine Erklärungen für den Inhalt von Gedanken und Gefühlen abzuleiten sind. Zudem wurde der Einfluß des Bewusstseins auf das Gehirn definitiv bewiesen …*" (EB 259, s. Stichwort Neuroplastizität.)

Das Auftreten außerkörperlicher Erfahrungen bei normal funktionierendem Gehirn stellt übrigens ein Gegenargument gegen den oft zu hörenden Einwand dar, dass Sauerstoffmangel der Auslöser für diese Phänomene sei.

Aus diesem Erklärungsansatz und unter Berücksichtigung der NTE-Forschung entwickelt van Lommel eine interessante eigene Hypothese, die er als „*Komplementaritätstheorie*" bezeichnet (EB 265f).

Das *vollkommene und endlose* Bewusstsein, wie er es nun nennt, und die abrufbaren Erinnerungen haben ihren Ursprung in einem nicht-lokalen, metaphysischen Raum mit unvergänglichen, nicht unmittelbar wahrnehmbaren Wellenfunktionen bzw. Wahrscheinlichkeitsfeldern. (Näheres zu Wahrscheinlichkeitswellen s. Kap. 4.) Diese Wellenfunktionen, die sowohl individuelle als auch universelle Informationen enthalten, bezeichnet van Lommel auch als das nicht-lokale Bewusstsein. Dieses Bewusstsein habe also keine materielle Grundlage.

„*Diese Wellenfunktionen, in denen alle Aspekte des Bewusstseins als Informationen gespeichert sind, sind ständig (nicht-lokal) im Körper und in seinem Umfeld gegenwärtig. Das Gehirn und der Körper funktionieren nur wie eine Empfangsstation, die in unserem Wachbewusstsein einen Teil des gesamten Bewusstseins und einen Teil unserer Erinnerungen in Form messbarer und sich ständig wandelnder elektromagnetischer Felder empfängt. Diese elektromagnetischen Felder des Gehirns werden in diesem Ansatz nicht als Ursache, sondern als Auswirkungen und Folgeerscheinungen des endlosen Bewusstseins betrachtet. ... So gesehen funktioniert unser Gehirn ähnlich wie ein Sende-Empfänger. Das Gehirn hat keine produktive, sondern eine ermöglichende Funktion, es macht Bewusstseinserfahrungen möglich.*" (EB 265)
Auch umgekehrt empfängt das endlose Bewusstsein vom Gehirn Informationen aus dem Körper und den Sinnesorganen.

Van Lommel unterlegt diese Theorie mit der aus dem Doppelspalt- und ähnlichen Quantenexperimenten bekannten Tatsache, dass eine quantenphysikalische Wellenfunktion, die im nicht-lokalen Raum nicht wahrnehmbar bzw. nicht messbar ist, kollabiert und damit zum Teilchenaspekt wird, also zu den physikalischen Vorgängen im neuronalen Netzwerk, die man mit den verschiedensten Geräten messen kann. (EB 273)
Was hier zum Kollaps der Wellenfunktion führt, diskutiert van Lommel nicht näher. Wie bereits erwähnt, kollabieren Wellenfunktionen – nach der sogen. Kopenhagener Deutung – sonst durch Beobachtung oder

Messung; vielleicht treten hier die neuronalen Strukturen an die Stelle der Meßgeräte.

Das, was auf diese Weise sichtbar gemacht wird, sind also die neurologischen Korrelate von Informationen des (nicht-materiellen) Bewusstseins an das Gehirn. Auf diese Weise erlebt der Mensch sein Wachbewusstsein.

Mit bildgebenden Verfahren wie z.b. funktioneller Magnetresonanz-Tomographie (fMRT) oder PET-Scans (s. Kap. 3, 1.) kann zwar festgestellt werden, welche Gehirnareale je nach Bewusstseinszustand (z.B. Denken, konzentrierte Aufmerksamkeit, Wahrnehmungsprozesse, Empfinden von Schmerz oder Glück, Schlaf) aktiv sind bzw. durch die Informationen aus dem nicht-materiellen Bewusstsein aktiviert werden, doch den Inhalt von Gedanken kann man damit – und offenbar grundsätzlich – nicht beschreiben (EB 267).

Wie die Informationsübertragung zwischen nicht-lokalem Bewusstsein und Gehirn konkret stattfindet, war wissenschaftlich bis 2007 (Erscheinungsjahr der holländischen Originalausgabe von *„Endloses Bewusstsein"*) noch nicht geklärt. Van Lommel diskutiert auf S. 271-280 drei verschiedene quantenphysikalische Denkmodelle, von denen er das der so genannten Quantenspinkohärenz präferiert. Ich kann hier nicht näher darauf eingehen. Nur soviel sei gesagt, dass es dabei um nicht-lokale Quantenverschränkung bezüglich des Spins von subatomaren Teilchen (z.B. Elektronen) geht. (Mit „Spin" – Drall, Drehung um eine Achse – wird eine der vier grundlegenden Zustandsgrößen von Teilchen bezeichnet.) Über das Modell der Quantenspinkohärenz wurde mehrfach in hochrangigen wissenschaftlichen Zeitschriften wie *Nature* oder *Science* berichtet (EB 277f). Es ist dasselbe Prinzip wie bei dem weiter vorn (Kap. 3, 2.) beschriebenen Aspect-Experiment, in dem die beiden auseinander fliegenden Photonen ebenfalls miteinander „verschränkt" und deshalb nicht-lokal miteinander verbunden sind.

Zur Beziehung zwischen nicht-materiellem (= nicht-lokalem) und Wachbewusstsein lesen wir folgendes:

„Nicht-lokales Bewusstsein ist die Quelle unseres Wachbewusstseins. ... Unter normalen alltäglichen Umständen erlebt man das Wachbewusstsein, ... das nur einen begrenzten Teil des gesamten, endlosen, nicht-lokalen Bewusstseins ... ausmacht. ... Unter außergewöhnlichen Umständen ist man in der Lage, unabhängig vom Körper den unendlichen Aspekt des nicht-lokalen Bewusstseins ... zu erfahren. ... Man spricht in einem solchen Falle von einer NTE." (EB 280)

"Bewusstsein ist weder sichtbar noch greifbar, weder beobachtbar noch messbar oder nachweisbar." (EB 305)
Nach allem, was im Vorstehenden beschrieben wurde, kann man wohl davon ausgehen, dass es ohne „endloses" (nicht-materielles) Bewusstsein weder Wahrnehmung noch Denken, Fühlen, Wissen oder Erinnerung gäbe. Dieses Bewusstsein ist allumfassend. Und als Allumfassendes mag es die *„wahre Wirklichkeit"* enthalten, von der wir aber während unseres körperlichen Lebens nur das erkennen können, was uns unsere körperliche Begrenzung wahrzunehmen erlaubt.

Allerdings ist dieses Wahrnehmen mittels unserer Sinne kein objektives, passives Registrieren, sondern ein aktiver, schöpferischer (und wie ich meine, selektiver) Bewusstseinsakt (EB 305).

Ich möchte abschließend ausdrücklich darauf hinweisen, dass das Wachbewusstsein in dieser von Eccles bis van Lommel reichenden Argumentationskette nicht als ein eigenständiges, vom Gehirn generiertes, sozusagen zweites Bewusstsein aufgefasst wird! Es ist nach dieser Theorie eben nur Teil des einen, nicht-materiellen Bewusstseins. Die Hirnforscher sehen dies offenbar anders (s.u.).

Neben dem individuellen Bewusstsein, das z.B. eine NTE erlebt, gibt es *„auch ein **universales, kollektives menschliches Bewusstsein**, das jedes Individuum mit allem Seienden verbindet, mit allem, was je gewesen ist, und mit allem, was in Zukunft noch sein wird."*(EB 306)
Der Vergleich mit Carl Gustav Jungs „kollektivem Unbewussten" drängt sich geradezu auf.
Jung unterscheidet - im Gegensatz zu Eccles, der Bewusstsein, Ich und Selbst nicht weiter differenziert hat - zwischen dem „Ich" und dem „Selbst". Das Ich entspricht wohl dem Wachbewusstsein, das Selbst dagegen umfasst sowohl den bewussten wie auch den unbewussten Teil der Persönlichkeit und schließt sogar eine göttliche, das Ich „kontrollierende" Komponente mit ein.
Van Lommel hält das individuelle Unbewusste für einen Teil des kollektiven menschlichen Unbewussten. *„Nicht-lokal ist alles mit allem verbunden. Unter normalen Umständen basiert das Vermögen, Informationen - wie Erinnerungen, Wissen und Assoziationen - aus dem nicht-lokalen Raum zu empfangen, auf unserem freien Willen, unserer Konzentration und unserem (Wach-)Bewusstsein. Aber es gibt auch Aspekte des persönlichen Unbewussten, die nur durch Träume, Meditation, Regressionstherapie oder Hypnose erfahren werden. Das kollektive Unbewusste ist prinzipiell unbegrenzt; seine tiefsten oder*

höchsten Schichten sind nach Jungs Auffassung unserem Wachbewusstsein niemals zugänglich." (EB 306)

Bevor ich die fachlichen Erörterungen abschließe, kann ich mir nicht versagen, noch einen sehr gewichtigen Kronzeugen anzuführen, der den hier favorisierten nicht-materialistischen Vorstellungen vom Bewusstsein eine starke Stütze gibt: Der weltberühmte Mathematiker Roger Penrose hat – so van Lommel auf S. 271 – theoretisch nachgewiesen, dass das Bewusstsein nicht vom Gehirn produziert werden kann. Er hat zugleich gezeigt, dass Computer Intelligenz oder Bewusstsein niemals vollständig imitieren oder hervorbringen können (Penrose, R. 1994: *Shadows of the Mind*. Oxford University Press).

3. Zur Deutung von Bewusstsein in der modernen Hirnforschung

Ohne Beachtung der Schriften von Eccles und der in Kapitel 1 und 3 angeführten Quantenphysiker beschränkt sich Hirnforschung heute strikt auf das, was naturwissenschaftliche Methoden und naturwissenschaftliche Beurteilung dazu beitragen können.

Eine besonders materialistische Sicht haben die Deterministen. Sie glauben, dass das Universum und alles darin, einschließlich des menschlichen Gehirns mit seinen Gedanken und Gefühlen, unser Verhalten, einfach alles, von Naturgesetzen kausal determiniert wird. Und dass deshalb auch *„jedes Ereignis im Prinzip vorhergesagt werden kann,"* ja *„dass man durch Analyse des gegenwärtigen Zustands auch die Vergangenheit erfassen kann"*, vorausgesetzt natürlich, dass alle Parameter bekannt sind. (MG 130)

Michael Gazzaniga, ein weltweit führender Hirnforscher, scheut nicht vor sarkastischer Kritik an den Deterministen zurück: *„Laufen ihre Interpretier-Module in der linken Hirnhälfte Amok und haben es dabei bis ins Vorabendprogramm geschafft?"* (MG 130) Und er weist darauf hin, dass sich auch die Physiker heute einhellig vom Determinismus distanzieren (MG 146f), und zwar vor allem wegen der Besonderheiten der Quantenmechanik, was auch die zahlreichen Zitate von Quantenphysikern, die ich weiter vorn angeführt habe, einleuchtend begründen.

Gazzanigas eigene Sicht und die vieler seiner Fachkollegen ist sehr viel differenzierter als die der Deterministen, auch wenn sie nach wie vor der reinen Naturwissenschaft verpflichtet ist. Ich will versuchen, hier die wichtigsten Gedanken in aller Kürze darzustellen, soweit sie für mein Thema von Interesse sind.

Zunächst einmal ist die Vorstellung von einem Ich oder Selbst, das von außen das Gehirn steuert, für die heutige Hirnforschung vollkommen unakzeptabel. Das ist auch nicht weiter verwunderlich, solange es nicht gelingt,

erstens ein solches Ich (oder nicht-materielles Bewusstsein) mit naturwissenschaftlichen Methoden so hieb- und stichfest nachzuweisen, dass zumindest ein großer Teil der führenden Hirnforscher von seiner Existenz überzeugt ist, und

zweitens die Interaktionen eines solchen außerkörperlichen Bewusstseins mit dem Gehirn naturwissenschaftlich zweifelsfrei zu klären.

Ob solche Nachweise überhaupt möglich sind, sei dahingestellt.

Faktum ist, dass im menschlichen Gehirn Milliarden von Neuronen zu Millionen örtlicher Netzwerke (Module) mit ganz speziellen Funktionen organisiert sind. Diese örtlichen Prozessoren sind im Gehirn *„über sämtliche 1300 Gramm seines Gewebes verteilt"* und treffen wichtige Entscheidungen. Aber es gibt kein zentrales Kommandozentrum, das die übrigen Gehirnsysteme nach seinen Befehlen arbeiten lässt. Wie Gazzaniga schreibt: *„... keinen Chef ... , schon gar nicht Sie – oder haben Sie es je geschafft, Ihr Gehirn zum Schweigen zu bringen und ins Bett zu schicken?"* (MG 56)

Nun ist es einem reduktionistisch eingestellten Naturwissenschaftler unserer Tage nicht unbedingt zu verübeln, wenn er mit einem solchen Satz die bekannte Tatsache unter den Tisch fallen lässt, dass es der Kern östlicher Meditation ist, das Gehirn zum Schweigen zu bringen, um es für die unio mystica zu öffnen. Man muss schon so mutig sein wie z.B. der deutsche Physiker Carl Friedrich von Weizsäcker, der zusammen mit dem Inder Gopi Krishna ein Buch über die Biologische Basis der Glaubenserfahrung veröffentlicht hat.

Doch zurück zum Gehirn: Nicht die Größe ist für seine Leistungen maßgeblich, sondern seine neuronalen Verschaltungen, also der Grad der Vernetzung zwischen den Neuronen. Von der Zahl seiner Neuronen her ist das menschliche Gehirn nur genauso groß, wie es von unserer Körpergröße bei Primaten zu erwarten ist, wie eine Arbeitsgruppe von Hirnforschern herausgefunden hat. Gazzaniga formuliert das so: *„Sie kamen sogar zu dem für Orang-Utans und Gorillas peinlichen Schluss, dass nicht der Mensch ein überdimensionales Gehirn für seine*

Körpergröße, sondern diese Menschenaffen einen überdimensionalen Körper für ihre Gehirngröße haben." (MG 42)
Unser Gehirn ist also *„in eine Myriade Entscheidungszentren aufgeteilt"* (MG 89), *„aufgebaut aus multiplen dynamischen mentalen Systemen"* (MG 75). Im Laufe der Evolution wurden die Verbindungen zwischen den Neuronen im Interesse der Signalgeschwindigkeit immer kürzer, und genau das begünstigte die Herausbildung vieler kleiner lokaler Netzwerke (Module), die sich dann bezüglich ihrer Funktionen immer mehr spezialisierten. Das geht so weit, dass bestimmte Module z.b. nur für die Erkennung von Obst zuständig sind, wie man von Patienten mit Läsionen an dem betreffenden Ort weiß. Ergänzt werden diese kurzen, schnellen Verbindungen durch relativ wenige Langstreckenverbindungen, um die Verarbeitungsergebnisse zum Gesamtnetzwerk weiter zu leiten. Ein Großteil der Funktionen ist angeboren, sozusagen fest verdrahtet, und entzieht sich unserem Bewusstsein, gewährleistet aber besonders schnelle und „automatische" Reaktionen, z.b. des motorischen Apparates (Autofahren!). Dabei ist wichtig, dass das Wachstum und die Vernetzung von Neuronen nicht nur genetisch programmiert sind, sondern auch von den Hirnaktivitäten und Lernprozessen mitbestimmt werden (MG 30; s. auch weiter vorn zur Neuroplastizität).
„Alle diese Module unterstehen keinem Chef, sondern bilden ein rein selbstorganisierendes System." (MG 84)

„Warum fühlen wir uns dann aber so einheitlich?" fragt Michael Gazzaniga. Die zusammenfassende Antwort darauf: *„In der linken Hirnhälfte haben wir ein Modul entdeckt, das aus allen Informationen, die dem Gehirn zufließen, ein Kontinuum zusammenstellt. Wir bezeichnen es als Interpretier-Modul ...".* (MG 87)
„Wir benutzen unser Interpretier-Modul tagaus, tagein, indem wir Situationen einschätzen, Informationen interpretieren und unsere physiologischen Reaktionen erkennen und auf diese Weise alles erklären, was uns passiert." Die rechte Hirnhälfte *„nimmt immer alles wörtlich und erinnert sich genau an vorgezeigte Gegenstände, während die linke auch falsche erkennt, wenn sie den richtigen ähnlich genug sind. Die linke Hirnhälfte arbeitet ... mit etwas unscharfen Begriffen (um nicht zu sagen, sie pfuscht). Unser Interpret tut das nicht nur mit Gegenständen, sondern auch mit Ereignissen."* (MG 101f)
„Die rechte Hirnhälfte ... ist absolut unflexibel und akzeptiert kein Bild, das nicht auch in der ursprünglichen Bilderserie (in einer Versuchsreihe, HN) *vorkam. Deshalb wird auch Ihr dreijähriges Kind Sie gnadenlos berichtigen, wenn Sie beim Wiedererzählen eines Märchens die Einzelheiten ausschmücken."* Das liegt daran, dass der *„Interpret in der*

linken Hemisphäre, der mit dem richtigen Zusammenhang zufrieden ist, noch nicht auf vollen Touren läuft." (MG 102)

Wichtig für soziale Interaktionen ist auch, dass das Interpretier-System auch im emotionalen Bereich aktiv ist und Stimmungsänderungen zu erklären versucht.
Im übrigen sind die Erklärungen dieses Systems immer nur so gut wie die Informationen, welche die linke Hirnhälfte erreichen. Das heißt, ich kann mich irren; ich, denn was mir das Interpretier-Modul liefert, das empfinde ich natürlich als „Ich".

Gazzaniga hält das, was er als Ich-Illusion bezeichnet, für *„eine starke und überwältigende Illusion, die kaum zu erschüttern ist. Es gibt aber auch keinen Grund dafür, sie zu erschüttern oder überwinden zu wollen, denn sie ist uns überaus nützlich."* (MG 89)

Unser Bewusstsein ist keine Illusion, selbst Neurowissenschaftler arbeiten fraglos mit dem Begriff Bewusstsein, z.B. wenn es darum geht, nachzuweisen, dass eine Entscheidung (z.b. eine bestimmte Bewegung auszuführen) bis zu 10 Sekunden in der Hirnaktivität mittels fMRT nachweisbar ist, bevor sie vom Bewusstsein registriert wird. (MG 149)
Wer initiiert eine solche Entscheidung? Die bewusste Willensbildung doch wohl nicht, wenn sie so deutlich hinterher hinkt! Eccles meinte, es sei das Psychon, eine körperunabhängige geistige Entität.
Nach allem, was bisher über Nahtoderfahrungen ausgeführt wurde, könnten wir sagen: das nicht-materielle Bewusstsein! Ob das so ist, das ist noch nicht bewiesen – oder vielleicht im Grundsatz doch durch die Arbeit von Friedrich Beck, wonach auf quantenphysikalische Weise die Exozytose-Wahrscheinlichkeit und damit die Signalstärke in neuronalen Verbindungen erhöht wird, ohne die Erhaltungssätze der Physik zu verletzen (s. Kap. 1).

Gazzaniga schreibt dazu: *„Bewusste Willensbildung, die Vorstellung, dass wir uns willentlich zu etwas entschließen, wäre dann nur eine Illusion. Aber ist das die richtige Vorstellung? Ich glaube allmählich nicht mehr daran."* (MG 149f)
Und weiter: *„Ich glaube nicht, dass diejenigen neuronalen Reduktionisten, die davon ausgehen, dass jeder Geisteszustand identisch mit einem bis jetzt unentdeckten neuronalen Zustand sei, das jemals werden beweisen können. Ich glaube, dass bewusstes Denken eine emergente Eigenschaft ist. Damit ist sein Ursprung nicht erklärt, sondern nur seine Realität oder sein Abstraktionsgrad anerkannt. Der Geist ist eine in gewissem Grad unabhängige Eigenschaft des Gehirns, aber gleichzeitig völlig von ihm abhängig, so wie wenn Software und*

Hardware miteinander funktionieren. Ich glaube nicht, dass es möglich ist, ein vollständiges Modell der Funktion des Geistes von unten herauf zu bauen." (MG 151)
Und damit sind wir zu einem Schlüsselbegriff in der Diskussion um höhere neuronale Ebenen, also um Bewusstsein, Geist, Denken, gekommen: der **Emergenz**.
Dieser Begriff gilt nicht nur für die Physik, sondern für alle Organisationsformen und damit auch für neuronale Netzwerke. Er bedeutet, dass sich komplexe mikroskopische Systeme, die weitgehend instabil sind und daher von Zufallsereignissen entscheidend beeinflusst werden können, aus sich selbst heraus zu neuen Strukturen auf einer höheren Ebene organisieren. Dabei ist (zumindest nach der Theorie der starken Emergenz) das neu entstandene emergente System stets mehr als die Summe seiner Teile. Wegen der verstärkenden Wirkung von Zufallsereignissen kann das Resultat der emergenten Neuorganisation nicht vorhergesagt werden (MG 144f). Wir erinnern uns an das im Kap. 1 wiedergegebene Zitat des Quantenphysikers Henry P. Stapp, dass ein bewusster Gedanke ein wirkliches Objekt sei, das eine essentielle Einheit aufweise und nicht nur die Summe einfacherer Bestandteile.

Gazzaniga vertritt also den Standpunkt, dass der Geist ein emergentes System ist, mit neuen Eigenschaften, die aus den einzelnen Informationen der zahllosen Module im Gehirn nicht ableitbar sind. *„Das nimmt den Wind aus den Segeln der Reduktionisten und desgleichen der Deterministen"* (MG 146) – also ein reduzierter Reduktionismus bei einem der führenden Hirnforscher unserer Tage? Jedenfalls ein erheblicher Fortschritt gegenüber dem „materialistisch-reduktionistischen" Denken, das der Wissenschaftsphilosoph Karl R. Popper angeprangert hatte (s. Einleitung und Kap. 1).

Ich denke, man muss anerkennen, dass fortschrittliche Neurowissenschaftler wie Michael Gazzaniga sehr viel zum Verständnis der Funktionsweise unseres Gehirns und damit zum Verständnis unseres Bewusstseins beigetragen haben – und zwar unseres Wachbewusstseins. Das führt aber nicht die hier vorgetragenen Befunde und Thesen über das nicht-materielle Bewusstsein ad absurdum. Jegliche Versuche in dieser Richtung können nur materiell begründet sein und sind genau deswegen nicht geeignet, die Nichtexistenz eines nicht-materiellen Bewusstseins zu beweisen.

Ein Bild drängt sich mir auf, um die **Wirkung des nicht-materiellen Bewusstseins auf das Wachbewusstsein** zu illustrieren: Das erstere ist wie ein Pianist, der auf der Tastatur des Gehirns spielt. Jeder Defekt im Klavier (eine Läsion oder eine Krankheit im Gehirn) resultiert in einer

Störung des Spiels. Der Pianist ist nicht der von den Neurowissenschaftlern so verteufelte Homunculus, der irgendwo im Hirn seinen verborgenen Sitz hat, von wo er seine Herrschaft ausübt. Er kann vielmehr ganz unabhängig von seinem Instrument existieren, aber er kann nicht ohne es spielen. Und er bewahrt die Klänge seines Instruments für immer in sich, die guten und die weniger guten.

Kapitel 4

Eine kritische Betrachtung über Wahrscheinlichkeitswellen und den Ursprung des nicht-materiellen Bewusstseins

Diese Abhandlung ist zwar in erster Linie eine Literatur-Recherche – oder eine gezielte Literaturauswahl entlang einer eigenen Argumentationskette. Dennoch scheint es mir nur redlich zu sein, auch auf einige der Verständnisprobleme hinzuweisen, die sich mir teils während der Textbearbeitung, teils im Nachhinein ergeben haben, und dabei denke ich zunächst an den Abschnitt „Quantenphysikalische Aspekte des Bewusstseins" des vorliegenden Textes.

Rein physikalisch gesehen handelt es sich bei dem dort mehrfach gebrauchten Begriff **Wahrscheinlichkeitswellen** um die Wellenfunktion Ψ (psi) der „Schrödinger-Gleichung", welche als Ψ^2 die Wahrscheinlichkeit für die Aufenthaltsorte von Teilchen angibt, z.B. von Photonen, Elektronen, Quarks und sogar von großen Molekülen. Dass die Wellenfunktion bei ihrer Beobachtung „kollabiert", wodurch aus der Welle das reale Teilchen wird, behaupten die Vertreter der „Kopenhagener Deutung", der aber offenbar zunehmend widersprochen wird (z.B. BG$_2$ 251f). Demzufolge lässt die Mathematik einen Kollaps nicht zu; dies sei nichts weiter als ein unbegründetes Postulat Bohrs. Die von Hugh Everett begründete mathematische Alternative sei die „*Viele-Welten-Theorie*" – eine ziemlich schwindelerregende Angelegenheit, wie ich finde. Wer daran oder überhaupt an den modernen Multiversums-Theorien Interesse hat, sei auf Brian Greenes Buch (BG$_2$) verwiesen. Immerhin ist auch eine Nahtoderfahrung bekannt geworden, nämlich die des schon mehrfach zitierten Neurochirurgen Eben Alexander, welche eine offenbar im nicht-lokalen Raum durch das Lichtwesen empfangene Information über die Existenz von vielen Universen enthält (s. Kap. 2, 7.).

Der Wiener Quantenphysiker Anton Zeilinger vermeidet den Begriff des Kollabierens von Wellen infolge Beobachtung und erklärt, dass ein einzelnes Teilchen, z.B. ein Lichtquant, nur „*sehr wenig Information tragen kann*", nämlich entweder dafür, durch welchen der beiden Spalten beim Doppelspalt-Experiment (s. Anmerkungen, Nr. 1) das Teilchen tritt, oder dass es ein Interferenzmuster gibt (AZ 46). Welche Information wirksam wird, hängt von der Versuchsanordnung ab. Und „*dass jede Beobachtung des Teilchens auf seinem Weg durch den Doppelspalt unvermeidlich eine so große Störung bewirkt, dass das Interferenzbild nicht auftritt."* (AZ 47) Solche Störungen sind prinzipieller Natur und lassen sich auch durch noch so raffinierte Versuchsanordnungen nicht vermeiden; entweder wir bestimmen den Weg des Teilchens oder wir erhalten das Interferenzbild. Es handelt sich – letztlich aufgrund der Heisenbergschen Unschärferelation – um zwei komplementäre Größen und *„die Informationen über beide können nicht gleichzeitig exakt vorhanden sein".* (AZ 59)

Wenn nun van Lommel schreibt, dass es im nicht-lokalen Raum keine Materie gibt, sondern nur Wahrscheinlichkeitswellen (EB 265f), diese Wellenfunktion(en) aber die Wahrscheinlichkeiten für etwas angeben, nämlich für den Aufenthaltsort von Teilchen, dann könnte man sich laienhaft wohl fragen, was denn die Natur dieser Wahrscheinlichkeitswellen sei. Wellt da nur die Wahrscheinlichkeit als solche und sonst nichts? Gibt es einen physikalisch messbaren Träger dieser Wellen, wie beispielsweise das Wasser bei Wasserwellen oder elektromagnetische Felder bei Lichtwellen? Ich habe mich gefreut zu lesen, dass auch Zeilinger diese Frage gestellt hat! (AZ 36)
Seine Antwort darauf ist:
„Die Annahme, dass sich diese Wahrscheinlichkeitswellen tatsächlich im Raum ausbreiten, ist also nicht notwendig – denn alles, wozu sie dienen, ist das Berechnen von Wahrscheinlichkeiten. Es ist daher viel einfacher und klarer, die Wellenfunktion Ψ nicht als etwas Realistisches zu betrachten, das in Raum und Zeit existiert, sondern lediglich als ein mathematisches Hilfsmittel, mit Hilfe dessen man Wahrscheinlichkeiten berechnen kann." (AZ 194)
Der Physiker Brian Greene dagegen geht in seinem Buch *„Der Stoff, aus dem der Kosmos ist"* davon aus, dass *„sich jede Wahrscheinlichkeitswelle über den gesamten Raum, das gesamte Universum erstreckt"* (BG1 113). Wohlgemerkt, über das Universum, nicht durch einen metaphysischen Raum. Je nach Form der Welle kann das zugehörige Teilchen mit größter Wahrscheinlichkeit dort gefunden werden, wo Ψ^2 am höchsten ist. Zu jeder Welle (oder auch einer ganzen Folge von gleichförmigen Wellen, BG1 122) gehört nach dieser Vorstellung also ein Teilchen. Allerdings *„gibt es in der physikalischen Gemeinschaft noch keine einheitliche Auffassung über die wirkliche Natur dieser Wellen."* (BG1 114)
Es ist demnach durchaus fraglich, ob man den *„nichtlokalen"* Raum der Physik (BG1 102) mit dem nicht-lokalen Raum, wie er in dieser Schrift vertreten wird, gleichsetzen kann – trotz aller Analogien.

Für mich bleibt jedenfalls immer noch die Frage offen, ob das nicht-materielle Bewusstsein, welches wir aus den NTE kennen, überhaupt

irgendetwas mit dem weltimmanenten System der Physik (einschließlich der Quantenphysik!) oder mit emergenten Systemen, wie in Kap. 3 erörtert, zu tun hat oder ob es gänzlich transzendent ist.
Doch wenn letzteres der Fall sein sollte, wie kann es dann auf eine materielle Struktur wie das Gehirn einwirken? Friedrich Beck hat mit seinen Berechnungen eine quantenphysikalische Lösung aufgezeigt (s. Kap. 1, 2. und Anmerkungen zu Teil 1, 2.), doch bisher sieht es nicht so aus, als ob die Fachwelt dies einhellig akzeptiert hätte.

Eine andere Frage ist die nach dem **Ursprung des nicht-materiellen Bewusstseins.**
Nach van Lommels „Komplementaritätstheorie", die ich weiter vorn im Abschnitt „Quantenphysikalische Aspekte des nicht-materiellen Bewusstseins" beschrieben habe, hat dieses Bewusstsein seinen Ursprung im nicht-lokalen Raum der Quantenphysik. Eine auch aus meiner Sicht nahe liegende Lösung.
Wahrscheinlich kann man derzeit nicht mehr darüber sagen, ohne allzu sehr ins Spekulieren zu kommen. Dennoch drängen sich mir ein paar Fragen auf, auch wenn man sie noch nicht schlüssig beantworten kann:

Was ist der eigentliche Ursprung des individuellen nicht-materiellen Bewusstseins innerhalb dieses Raumes? Stammen von dem *„universalen, kollektiven menschlichen Bewusstsein, das jedes Individuum mit allem Seienden verbindet"* (EB 306) die individuellen Bewusstseins-Entitäten ab?
Oder ist der nicht-lokale Raum als solcher Bewusstsein? (Eine Vorstellung, die ich höchst interessant finde.) Das würde an die metaphysischen Schlussfolgerungen der berühmten Quantenphysiker Eugene Wigner, Brian Josephson und John Wheeler und des Mathematikers John von Neumann erinnern, wonach das Bewusstsein grundlegender als Materie und Energie ist (s. Kap. 3, 2.). Und auch an das *„Zentrum"*, jenen unendlichen Raum von *„tiefschwarz strahlender Dunkelheit"*, den Eben Alexander während seiner NTE wiederholt erlebt hat und dem er die alles erfüllende, immaterielle Präsenz eines liebenden Schöpfergottes zugeordnet hat (s. Kap. 2, 8.).

Man sieht, es gäbe noch viel zu forschen auf diesem Grenzgebiet zur Metaphysik. Dass allerdings je eine allgemein akzeptierte Antwort gegeben werden kann, ist nicht gerade wahrscheinlich.
Davon ausgehend, und angeregt durch Diskussionen mit Naturwissenschaftlern, versuche ich hier im letzten Kapitel, mich dem Problem von einem anderen Ausgangspunkt zu nähern, sozusagen von seinem biologischen.

Aber natürlich wäre auch das nur eine Vorstellung, deren Verifizierungschancen nicht signifikant von Null verschieden sind – und die ich zudem für weniger plausibel halte als das zuvor beschriebene Erklärungsmodell.

Auf dieser Erde gibt es Angehörige der Gattung Homo seit mehr als 2 Millionen Jahren (H. rudolfensis, H. habilis, H. erectus) und ihre Vorgänger in der Familie der Hominiden schon seit mindestens 5 Millionen Jahren. In irgendeiner Ausprägung dürften diese frühesten Menschenformen auch schon ein nicht-materielles Bewusstsein gehabt haben. Das waren dann aber sicher nur wenige Tausend oder Zehntausend Individuen, und als der moderne Homo sapiens vor etwa 100.000 Jahren aus Ostafrika nach Norden wanderte, da handelte es sich auch nur um einen winzigen Bruchteil der heute lebenden Bevölkerung. Wo kommen – wenn man den bisher erörterten Ansatz außer acht lässt – die vielen „neuen" Bewusstseinsentitäten her? Woher kamen die allerersten?

Ein Erklärungsversuch, der zugegebenermaßen im Widerspruch zu allem steht, was ich bisher über das nicht-materielle Bewusstsein referiert habe, könnte aus der Emergenz-Theorie der modernen Hirnforschung (s. Kap. 3, letzter Abschnitt) abgeleitet werden, verlässt dabei aber notwendigerweise ebenfalls den Boden der heutigen Naturwissenschaft:

Danach wäre ein nicht-materielles Bewusstsein im Laufe der Evolution graduell eben doch aus den Aktivitäten des Gehirns entstanden, und zwar – und das ist nun entscheidend – als eine Emergenz höchster Ordnung, welche die bereits vorhandenen emergenten Systeme des Wachbewusstseins integriert, aber soviel mehr als die Summe dieser Teile ist, dass sie die bekannten Naturgesetze transzendiert hat (in den nicht-lokalen Raum?) und schließlich vom Körper unabhängig geworden ist – allerdings ohne aufzuhören, mit ihm in Wechselwirkung zu stehen.
Im Verlaufe dieser Evolution dürften die frühesten Hominiden, die Australopithecinen und deren noch ältere Vorgänger, deren Gang zwar schon aufrecht, deren Gehirne aber höchstens ein Drittel so groß waren wie unsere (und sicher noch nicht so stark vernetzt), wahrscheinlich noch ein entsprechend schwach entwickeltes Bewusstsein dieser Art gehabt haben.
Mit anderen Worten, die Ausbildung des nicht-materiellen Bewusstseins könnte mit der Entwicklung des neurologisch beschreibbaren Wachbewusstseins positiv korreliert sein, und zwar grundsätzlich, so dass ein Ende dieses Prozesses noch gar nicht abzusehen ist.

Im Rahmen dieser Emergenz-Vorstellung ergibt sich natürlich die Frage, ob ein solches biologisch fundiertes „nicht-materielles" Bewusstsein auch im Verlauf der Entwicklung des individuellen Gehirns vom Fötus zum Erwachsenen eine Steigerung seiner Kapazität und Fähigkeiten erwirbt. Das wäre, in Analogie zur stammesgeschichtlichen Entwicklung, wohl anzunehmen. Darüber hinaus kann nach den Ergebnissen der Nahtodforschung das individuelle nicht-materielle Bewusstsein nach dem Tode seines Körpers, postmortal, sein Wissen, und damit ja auch seine Kapazität, beliebig vergrößern, wie weiter vorn im 2. Kapitel beschrieben wurde. Insofern ist es unabhängig von dem Grad seiner im Leben erreichten Hirnentwicklung.

Unabhängig von der Emergenz höchster Ordnung, müsste sich im Leben des Menschen eine zusätzliche, individuelle Entwicklung des nicht-materiellen Bewusstseins ergeben. Denn da es in Wechselwirkung mit dem Gehirn steht, d.h. dem Gehirn nicht nur Informationen liefert, sondern daraus auch Informationen empfängt, muss sich sein Inhalt im Laufe der Ontogenese erweitern und nach dem Ende dieser individuellen Entwicklung, also nach dem Tode des Körpers, in den nicht-lokalen Raum übergehen. Die nicht-materielle Welt empfängt also Information aus der Materiewelt. Mit anderen Worten, was Menschen tun und denken, beeinflusst letztlich die Weltordnung, wenn man diesen philosophisch-religiösen Begriff auf den nicht-lokalen Raum anwenden will.

Zusammenfassung (Teil 1)

Meine Literatur-Recherche hat ergeben, dass es eine überwältigende Fülle empirischer und von Medizinern dokumentierter Fakten und einige sinnvolle naturwissenschaftliche Hypothesen gibt, die den Schluss nahe legen, dass jedem menschlichen Individuum ein nicht an den Körper gebundenes, nicht-materielles Bewusstsein zugeordnet ist, allgemein gesprochen sein Selbst oder sein Ich, religiös gesprochen seine Seele. Es befindet sich nach der Auffassung der hier zitierten Wissenschaftler, die bisher allerdings keine Mehrheitsmeinung in ihrem jeweiligen Fach repräsentieren, analog zum entsprechenden quantenphysikalischen Begriff in einem so genannten „nicht-lokalen Raum", in dem Zeit und Ort nicht die Rolle spielen wie im irdischen Alltag – in religiöser Sprache: im Himmel, im Paradies oder im Reich Gottes.

Dieses nicht-materielle, auch endloses oder nicht-lokales genannte Bewusstsein steht (wahrscheinlich auf quantenphysikalische, im Einzelnen aber noch nicht geklärte Weise) in Wechselwirkung mit dem Körper des Individuums, d.h. es beeinflusst diesen auf dem Wege über das Gehirn und empfängt seinerseits Informationen daraus. Es speichert alle unsere Erfahrungen einschließlich unserer Gedanken und überdauert als eigenständige und individuelle Entität (Wesenheit, in religiöser Sprache eben „Seele") unseren Tod, und zwar zeitlich und räumlich unbegrenzt und in Vollkommenheit, wenn man es mit unserem hinfälligen Körper vergleicht.

Grundsätzlich und aufgrund der artspezifischen und individuellen Beschränkungen des Gehirns empfängt das Individuum während seines Lebens immer nur kleine, situationsbezogene Ausschnitte aus dem nicht-materiellen Bewusstsein (z.B. von Gedanken, Erinnerungen, Absichten, Gefühlen), deren Gesamtheit als Wachbewusstsein erlebt wird. Mit anderen Worten, das Gehirn des Menschen hat grundsätzlich keine Möglichkeit, die *„wahre Wirklichkeit"* des nicht-lokalen Raumes zu erkennen – so wie es das nicht-materielle Bewusstsein kann und z.B. während einer tiefen NTE erlebt.

Die Wirkung des nicht-materiellen Bewusstseins auf das Wachbewusstsein möchte ich mit einem Bild illustrieren:
Das erstere ist wie ein Pianist, der auf der Tastatur des Gehirns spielt. Jeder Defekt im Klavier (eine Läsion oder eine Krankheit im Gehirn) resultiert in einer Störung des Spiels. Der Pianist ist nicht der von den Neurowissenschaftlern so verteufelte Homunculus, der irgendwo im Hirn seinen verborgenen Sitz hat, von wo er seine Herrschaft ausübt. Er kann vielmehr ganz unabhängig von seinem Instrument existieren, aber er

kann nicht ohne es spielen. Und er bewahrt die Klänge seines Instruments für immer in sich, die guten und die weniger guten.

Jedes nicht-materielle, individuelle Bewusstsein ist eine geistige Entität, und jedes dieser Wesen ist für jedes andere zweifelsfrei als ganz bestimmte Person erkennbar, weshalb man in dieser Seinsweise verstorbene Verwandte und Freunde sofort wieder erkennt; und man begegnet auch solchen, die schon Jahrzehnte vorher verstorben waren, was ein starkes Indiz dafür ist, dass die Seinsweise einer Nahtoderfahrung nicht bloß ein vorübergehender Zustand ist.

Da aus der Sicht vieler Quantenphysiker im nicht-lokalen Raum alles mit allem zusammenhängt, steht das endlose Bewusstsein des einzelnen Menschen mit allen anderen nicht-materiellen Entitäten, auch mit einem kollektiven Bewusstsein und mit einem offenbar göttlichen Lichtwesen, das eine unbeschreiblich intensive Liebe ausströmt, in Zusammenhang. In seiner Gegenwart bewertet das Individuum sein ganzes Leben nach dem Maßstab der Liebe, nicht nach den Regeln irgendeiner Religion.

Und weil „alles mit allem zusammenhängt" und außerdem das Wachbewusstsein Teil des nicht-materiellen, endlosen Bewusstseins ist, kann man sich durchaus vorstellen, dass jeder Mensch in seinem irdischen Leben einen – natürlich begrenzten – Einfluss auf die außerirdische, nicht-materielle Welt und die dort seienden Entitäten nehmen kann. Und das bedeutet nichts anderes, als dass z.B. Beten sinnvoll ist, auch wenn es oft nicht den Erfolg hat, den wir uns aus unserer äußerst beschränkten Menschensicht wünschen.

Von der modernen Neurowissenschaft wird mit Nachdruck der Standpunkt vertreten, dass das Bewusstsein und damit der Geist ausschließlich ein Produkt des Gehirns ist. Über den Grad dieses Reduktionismus herrscht allerdings noch keine Einigkeit, auch nicht über die Berechtigung der fortschrittlichsten neurowissenschaftlichen These, nämlich dass Gedanken und Geist emergente Systeme sind, also mehr als die Summe ihrer Teile (Michael Gazzaniga).
Die Nicht-Existenz eines nicht-materiellen Bewusstseins kann auch die Neurowissenschaft nicht beweisen, denn sie beschäftigt sich ausschließlich mit dem vom Gehirn, also einem materiellen System, generierten Wachbewusstsein. Andererseits gibt es Ungeklärtes in der Beurteilung der vorliegenden Forschungsergebnisse, für das die These eines nicht-materiellen Bewusstseins durchaus eine Erklärung anbieten könnte, z.B. bei der Frage, was denn eine mentale Entscheidung, z.B.

eine bestimmte Bewegung auszuführen, initiiert, wenn die entsprechende Hirnaktivität durch fMRT 10 Sekunden lang nachweisbar ist, bevor sie im (Wach-)Bewusstsein ankommt!

Über den Ursprung des nicht-materiellen Bewusstseins kann nur spekuliert werden. Da die Zahl der Menschen im Laufe der Evolution ständig zugenommen hat, müssen immer neue Bewusstseins-Entitäten entstanden oder geschaffen worden sein. Wie, wo bzw. von wem?
Diskutiert werden zwei Hypothesen: Das von van Lommel postulierte „universale, kollektive menschliche Bewusstsein" im nicht-lokalen Raum könnte Ursprung der nicht-materiellen individuellen Bewusstseins-Entitäten sein, woraus sich natürlich die Frage ergibt, woher das universale, kollektive Bewusstsein stammt. Ist der nicht-lokale Raum an sich Bewusstsein? Immerhin halten einige hochrangige Quantenphysiker und Mathematiker das Bewusstsein für grundlegender als Materie.

Ein eher biologischer Ansatz, der hier nur als eine nicht präferierte Denkmöglichkeit betrachtet wird, wäre eine evolutiv entstandene „Emergenz höchster Ordnung", die soviel mehr ist als die bereits vorhandenen Emergenzen von Bewusstsein und Geist, dass sie den Bereich der bekannten Naturgesetze transzendiert hat.

Schlussworte zum Teil 1

Zwei berühmte Persönlichkeiten sollen das Schlusswort haben:

Albert Einstein:

„Das Wissen, dass das Unerforschliche wirklich existiert und dass es sich als höchste Wahrheit und strahlende Schönheit offenbart, von denen wir nur eine dumpfe Ahnung haben können, dieses Wissen und diese Ahnung sind der Keim aller wahren Religiosität." (Zit. nach Harald Fritzsch *„Das absolut Unveränderliche"*, Piper 2007, S. 299)

Abschließend zwei ganz erstaunliche Äußerungen des Heidenapostels Paulus, hier in der Einheitsübersetzung der Neuen Jerusalemer Bibel:

1. Korintherbrief, Kap. 15, Verse 42-44, 50:

„So ist es auch mit der Auferstehung der Toten. Was gesät wird ist verweslich, was auferweckt wird, unverweslich. Was gesät wird ist armselig, was auferweckt wird, herrlich. Was gesät wird, ist schwach, was auferweckt wird, ist stark. Gesät wird ein irdischer Leib, auferweckt ein überirdischer Leib. ... Damit will ich sagen, Brüder: Fleisch und Blut können das Reich Gottes nicht erben; das Vergängliche erbt nicht das Unvergängliche."

Schöner und treffender kann man das individuelle, nicht-lokale (oder *„vollkommene und endlose"*) nicht-materielle Bewusstsein, wie man es in einer NTE erlebt, doch gar nicht beschreiben!

Und im 2. Korintherbrief, Kap. 12, 2-4, schreibt Paulus über – ja, offenbar seine eigene außerkörperliche Erfahrung und eine nonverbale Kommunikation, vielleicht mit dem Lichtwesen.
„Ich kenne jemand, einen Diener Christi, der vor vierzehn Jahren bis in den dritten Himmel entrückt wurde; ich weiß allerdings nicht, ob es mit dem Leib oder ohne den Leib geschah, nur Gott weiß es. Und ich weiß, dass dieser Mensch in das Paradies entrückt wurde; ob es mit dem Leib oder ohne den Leib geschah, weiß ich nicht, nur Gott weiß es. Er hörte unsagbare Worte, die ein Mensch nicht aussprechen kann."

Anmerkungen zu Teil 1

1. Das Doppelspalt-Experiment:

Es enthält *die grundlegenden Eigentümlichkeiten der ganzen Quantenmechanik*, sagte der Nobelpreisträger für Physik Richard Feynman Anfang der 60er Jahre des vergangenen Jahrhunderts. Es auf klassische Art zu erklären, ist absolut unmöglich – was natürlich auch für das Aspect-Experiment von 1982 gilt! (s. Kap. 3, 2. und JG 180f)
Beinahe ebenso unmöglich ist es, Design und Ergebnisse dieses berühmten und oft wiederholten Doppelspalt-Experiments hier in wenigen Zeilen und ohne Zeichnungen so darzustellen, dass es jemand verstehen kann, der noch nichts davon gehört hat. Deshalb verweise ich hier auf John Gribbin: *Auf der Suche nach Schrödingers Katze*. Piper, 9. Aufl. 2011, S. 179-193, oder auf Anton Zeilinger, der einen großen Teil seines Buches *„Einsteins Schleier"* der Erklärung dieses Phänomens gewidmet hat (Goldmann, 5. Aufl. 2005).
Nur soviel sei ganz laienhaft gesagt, dass es sich hierbei um einzelne Photonen (Lichtteilchen = Lichtquanten) oder in neueren Versuchsanordnungen auch um einzelne Elektronen handelt, die nacheinander durch zwei benachbarte Löcher (oder schmale Spalten) in einer Wand oder einem Schirm geschickt werden. Und obwohl sie einzeln sind und nacheinander losfliegen, verhalten sie sich so, als ob es gleichzeitig unbegrenzt viele bzw. Wellen von Teilchen wären: sie bilden nämlich auf einem hinter der Wand positionierten Auffangschirm (der mit Detektoren bestückt ist) ein Verteilungsmuster wie von zwei sich überschneidenden Wellen, also ein Interferenzmuster von hellen und dunklen Streifen, das von Licht (s.u.) oder von Wasser seit langem bekannt ist (die hellen Streifen entstehen bei Licht oder Elektronen dort, wo Wellenberg auf Wellenberg bzw. Wellental auf Wellental trifft und diese sich dadurch gegenseitig verstärken; die dunklen Streifen dort, wo Wellenberg auf Wellental trifft und sie sich also gegenseitig auslöschen). Wie ist es aber möglich, dass dieser Effekt bei einzeln durch die Spalten fliegenden Teilchen auftritt? Vielleicht teilt sich das eine Elektron plötzlich in eine Vielzahl von „Geisterteilchen" auf und nimmt die Wellenfunktion an, fragt John Gribbin.
Deckt man aber erst das eine und dann das andere Loch ab, entsteht kein Interferenzmuster, sondern nur zwei simple Häufigkeitsverteilungen, als hätte man Kugeln durch die Löcher geschossen. Woher „weiß" das Elektron, dass das andere Loch verschlossen ist?
Wenn man nun aber wissen will, durch welches der beiden Löcher ein bestimmtes Elektron fliegt (wenn beide Löcher offen sind!), und man bringt dafür ein Beobachtungsgerät (das den Durchflug des Elektrons nicht stört) an, dann – so sagen viele Physiker – „kollabiert" die Wellenfunktion, d.h. sie bricht zusammen und man registriert nun das eine reale Elektron. Woher „weiß" das Elektron, dass es beobachtet wird, und warum wird es dann von einer Welle zu einem realen Teilchen?

Mit den Methoden der klassischen Physik kann niemand diese Fragen beantworten, man weiß nur, dass es so ist. Immer, wenn Wellenfunktionen, auch Wahrscheinlichkeitswellen, beobachtet werden, „kollabieren" sie und werden zu unserer physikalisch wahrnehmbaren und messbaren Realität. Dieses „Kollabieren" wird allerdings nicht von allen Physikern als hinreichende Erklärung akzeptiert (so z.b. nicht von Brian Greene und Anton Zeilinger; vergl. Kapitel 4).

Jedenfalls zieht John Gribbin daraus den in jedem Fall berechtigten Schluss: „*... alles in der makroskopischen Welt besteht aus Teilchen, die den Quantenregeln gehorchen. Alles, was wir als real bezeichnen, besteht aus Dingen, die nicht als real aufgefasst werden können ...*" (JG 228).

Das erinnert mich daran, dass 99,9999 % der festen Materie aufgrund der Atomstruktur aus leerem Raum besteht, vergleichbar einem kleinen Sandkorn in einer riesigen Kathedrale (JG 275).

Soviel zu unserer Alltagsvorstellung von Wirklichkeit!

Aus der Geschichte des Doppelspalt-Experiments lernen wir aber auch noch etwas ganz anderes, nämlich wie neue wissenschaftliche Ideen, auch solche, die durch wiederholbare Experimente abgesichert sind, von der herrschenden Meinung aufgenommen werden können: Als erster hat der Arzt Thomas Young bereits im Jahre 1801 das Doppelspalt-Experiment durchgeführt, und zwar mit Licht. Dabei ergab sich das jetzt für selbstverständlich gehaltene und oben kurz geschilderte Interferenzmuster von sich überschneidenden Wellen. Ein seit langem allgemein anerkannter Beweis für das Vorhandensein von Wellen. Nicht so zu Beginn des 19. Jahrhunderts, denn damals galt die Newton'sche Auffassung von Licht als Teilchen: Young wurde verhöhnt und verspottet, man schrieb, dass seine Publikation „ ,*nichts als Unsinn' enthalte und nicht einmal ein Experiment oder eine Entdeckung genannt werden dürfe*". (EB 228)
Ähnlich erging es übrigens Alfred Wegener mit seiner Theorie der Kontinentaldrift.

Soviel zur Gemeinde der Naturwissenschaftler!

2. Näheres zu den neurophysiologischen Befunden von John C. Eccles

Eccles Buch und Poppers Theorie stellen eine wissenschaftliche Kampfansage an alle materialistischen Hypothesen dar, welche Bewusstsein bzw. Geist auf die physikalischen Prozesse in menschlichen Gehirnen reduziert sehen, also einen unabhängig vom Körper existierenden Geist negieren. Damit hatten Eccles und Popper den größten Teil der Fachwelt gegen sich – und das ist, soweit ich es beurteilen kann, entgegen den Hoffnungen Eccles auch heute noch so.
Selbst seine neuroanatomischen und -physiologischen Erkenntnisse werden von der modernen Neurowissenschaft nicht mehr allgemein anerkannt. So ist – Wikipedia zufolge – in einer neueren philosophischen Hausarbeit über „*John Carew Eccles. Eine kritische Einführung*" zu lesen, dass der Autorin kein neurowissenschaftliches Buch bekannt sei, das den Begriff des „präsynaptischen Vesikelgitters" erwähnt. Diese Struktur ist für die Theorie Eccles von großer Bedeutung und wird weiter unter näher besprochen. Immerhin fand ich im Internet einen Beitrag in einer neurowissenschaftlichen Fachzeitschrift, die eine kristalline Gitterstruktur an der betreffenden Stelle beschreibt und abbildet, wenn auch ohne den Eccle'schen Begriff zu verwenden.

Sehr bemerkenswert ist aber, dass Eccles Darstellung der synaptischen Erregungsübertragung (s.u.) einschließlich des präsynaptischen Vesikelgitters in anspruchsvollen philosophischen Büchern (z.b. Godehard Büntrup *„Das Leib-Seele-Problem. Eine Einführung"*, Vlg. Kohlhammer, 3. Aufl. 2008) fraglos wiedergegeben wird. Und sie ist auch immer noch Gegenstand einer interessanten und streckenweise sehr klugen, kenntnisreichen und teils positiven Diskussion unter jungen Leuten im Internet mit dem Titel *„Das Gehirn – ein quantenmechanisches System?"*.

Das große Problem für Eccles war nun, wie die Einwirkung des Geistes auf den Körper (also mentale Ereignisse, wie z.b. ein gedanklicher Vorsatz, den Körper etwas tun zu lassen) wissenschaftlich präzise nachgewiesen werden kann. Eccles hatte dazu wesentliche neurophysiologische Vorarbeit geleistet, indem er – auch auf der Basis von Forschungsergebnissen anderer Fachleute – die Mikrostruktur der Synapsen aufgeklärt hatte.

Dazu hier nur das Nötigste und in stärkster Vereinfachung, um einen ersten Eindruck von dem Problem zu vermitteln (und soweit sinnvoll mit Ergänzungen aus neuester Fachliteratur (UF)):

Synapsen sind die Verbindungsstellen zwischen den Nervenzellen in der Hirnrinde, dem Cortex, der nur 1,5 – 4,5 mm dick ist und aus vielen Milliarden Nervenzellen (17 Mrd nach Gazzaniga, p. 42) und ihren Ausläufern – Dendriten und Axonen bzw. Achsenzylindern – besteht. Die meisten der kortikalen Zellen sind Pyramidenzellen. An deren Dendriten sind die Synapsen als kleine Fortsätze oder Dornen in sehr großer Zahl, wie Knospen an einem Zweig, aufgereiht. Wichtig ist die Unterscheidung zwischen dem zur Hirnoberfläche ziehenden Ausläufer (apikaler Dendrit) einer Pyramidenzelle, der die Erregung von der Hirnoberfläche zum Zellkörper hin leitet, und ihrem impulsableitenden Ausläufer (Axon), der den Kortex bzw. den Zellkörper abwärts verlässt und den Nervenimpuls zu einem Dendriten einer anderen Nervenzelle oder bis zu den Erfolgsorganen bzw. bis zum Rückenmark hin leitet (SG 144f und neuere medizinische Literatur).

Eine Synapse besteht aus einem „Rezeptorteil", der sogen. postsynaptischen Zelle (z.B. einer Dornsynapse; UF: „postsynaptische Dichte") am Dendriten und einem „Senderteil" (wie ich das mal nennen will) bzw. der „präsynaptischen Nervenendigung" (UF: „präsynaptische Terminalie"), von Eccles Bouton genannt, an einem Axon einer anderen Nervenzelle. Dornsynapse und Bouton liegen ganz dicht aneinander, nur getrennt durch den sogenannten „synaptischen Spalt". Im Bouton gibt es u.a. eine Vielzahl kleiner Bläschen (sogen. Vesikel), die Transmittermoleküle enthalten. Das sind Substanzen wie z.B. Acetylcholin, Glyzin und viele andere, die – wenn ein Vesikel sich mit der Endmembran des Boutons verbindet und sich öffnet (d.i. die sogen. „Exozytose") – in den synaptischen Spalt entlassen werden und auf die angrenzende Membran der Dornsynapse dergestalt einwirken, dass sich ein Kanal öffnet, durch welchen Ionen (elektrisch geladene Moleküle, z.B. Calcium) als Träger der Erregung hindurch treten können (SG 104f).

Sehr interessant ist in unserem Kontext, dass UF schreibt: *„Die Transmitterausschüttung ist quantal, d.h. das postsynaptische Signal ist aus einem Vielfachen von Elementarsignalen zusammengesetzt. Jedes Quant entspricht der Ausschüttung von Transmittersubstanz aus einem Vesikel an einer Ausschüttungsstelle* (Synapse, HN)*..."*

Entscheidend ist nun, dass nach Eccles je Nervenimpuls und Bouton immer nur eine Exozytose stattfindet, sich also immer nur ein Vesikel je Bouton öffnet; und zwar stets eines von denjenigen Vesikeln, die am Boden des Boutons in dem von Eccles so genannten „präsynaptischen Vesikelgitter" geometrisch in Sechserringen, d.h. in einem parakristallinen Aufbau, verteilt sind – nicht von den frei im Boutonraum schwimmenden; und dass die Wahrscheinlichkeit dafür, dass sich durch einen Nervenimpuls überhaupt ein Vesikel in einem bestimmten Bouton öffnet, erheblich kleiner als 1 ist (SG 104f, 193). Allerdings schreibt UF, dass die meisten Synapsen mehrere Ausschüttungsstellen aufweisen. Die Wahrscheinlichkeit der Ausschüttung an einer bestimmten Stelle liegt auch nach UF nur bei 0,1 bis 0,3.

Aus den Ergebnissen der quantenphysikalischen Berechnungen von Friedrich Beck war nun zu folgern, dass mentale Absichten, also gänzlich außerhalb von Welt 1 (hier: Gehirn, Körper) stattfindende Ereignisse, die Hirnrinde erfolgreich aktivieren (und dadurch z.b. bestimmte, vom Selbst gewollte Bewegungen des Körpers auslösen) können, ohne die Erhaltungssätze der Physik zu verletzen. Eccles schreibt dazu: Die Autoren „*präsentierten die Kernhypothese, dass eine mentale Absicht des Selbst neuronal wirksam wird, indem sie vorübergehend die Wahrscheinlichkeiten für Exozytosen in einem ganzen Dendron erhöht und auf diese Weise die große Zahl von Wahrscheinlichkeitsamplituden koppelt, um eine kohärente Wirkung zu erzielen.*"
(SG 215/216; Dendron: ein Bündel aus etwa 100 innerhalb der Hirnrinde von innen nach außen führenden Dendriten der Pyramidenzellen mit bis zu 100000 Synapsen; für die mathematische Herleitung des „*quantenmechanischen Modells der Exozytose*" s. SG 225-233.)

Wo sind nun diese „mentalen Ereignisse", dieses Selbst, lokalisiert?
Eccles postuliert die Existenz von **Psychonen**, welche die Gesamtheit aller mentalen Ereignisse und Erfahrungen, einschließlich der äußeren und inneren Sinnesempfindungen von Welt 2, darstellen. Die Psychonen *sind* also „*die Erfahrungen in ihrer ganzen Verschiedenheit und Einzigartigkeit*" (SG 138). Jedes Dendron wird, nach Eccles, umhüllt von seinem ganz speziellen Psychon und beide stehen in Informationsaustausch miteinander – aber nicht durch Prozesse der klassischen Physik, sondern der Quantenphysik.

Diese Psychon-Hypothese hat sich so nicht durchsetzen können. Die meisten heutigen Hirnforscher lehnen eine Steuerung des Gehirns von außen strikt ab. Andere Wissenschaftler, auf die ich mich im Weiteren bezogen habe (Quantenphysiker, Neurowissenschaftler und Mediziner), gehen ja von einem nicht-materiellen, nicht-lokalen Bewusstsein im quantenphysikalischen Sinne aus, und das bedeutet, dass es zeitlich und örtlich nicht begrenzt – eben „nicht-lokal" – ist. Allerdings ist es genau deswegen u.a. auch im Gehirn präsent, nur nicht wie ein Handschuh um ein Bündel von Neuronen, was Eccles geglaubt hatte.

Wenn man alle Befunde einschließlich der Nahtoderfahrungen zusammenschaut, dürfte das von Eccles so benannte „Selbst" oder der „Geist" identisch sein mit dem nicht-materiellen (= nicht-lokalen) oder endlosen Bewusstsein bzw. dem religiösen Begriff „Seele".

3. Zum Literaturverzeichnis:

Die Titel mit „**Schrödingers Katze**" sind populärwissenschaftliche Bücher zur Quantenphysik; beide Autoren sind Physiker, die sich auf das Schreiben allgemeinverständlicher Sachbücher spezialisiert haben. „Schrödingers Katze" bezieht sich auf ein berühmtes Gedankenexperiment des theoretischen Physikers Erwin Schrödinger, der damit die Besonderheit der Quantenphysik demonstrieren wollte: Die Katze ist in einer allseits geschlossenen Kiste, und ihr Leben hängt davon ab, ob ein bestimmter Atomzerfall stattfindet oder nicht (und wenn er stattfindet, dann zufällig!). Bevor man nicht die Kiste öffnet, ist es nach den Gesetzen der Quantenphysik nicht möglich zu sagen, ob die Katze tot oder lebendig ist, d.h. sie ist solange weder tot noch lebendig. Allgemein gilt: *„Nichts ist real, falls es nicht beobachtet wird"* (JG 16). Alles klar? Wer mehr wissen will, dem sei Brigitte Röthleins Buch empfohlen, es ist nicht nur billiger als das von Gribbin, sondern auch viel dünner und zumindest teilweise verständlicher. Noch weit knapper ist das tatsächlich in eine Anzugtasche passende Büchlein von Harald Lesch und seinem Team. Wer umfangreiche, tief schürfende und dennoch spannende Informationen zum Thema Quantenphysik bzw. zum heutigen physikalischen Weltbild sucht, sollte (auch) Gribbins Buch lesen.

Der Wiener Quantenphysiker Anton Zeilinger hat sich in seinem Buch *„Einsteins Schleier"* bemüht, *„Die neue Welt der Quantenphysik"* (Untertitel) auch für Laien verständlich zu beschreiben. Dabei werden alle wichtigen Erkenntnisse anhand von teils gedanklichen, teils tatsächlichen Versuchsanordnungen hergeleitet und der Begriff der Information in den Mittelpunkt gestellt.

Im Zusammenhang mit Multiversums-Theorien hat auch Brian Greene (Professor für Physik und Mathematik an der Columbia University in New York) auf den Seiten 237-260 seines Buches *„Die verborgene Wirklichkeit"* die Grundvorstellungen der Quantenmechanik sehr anschaulich beschrieben.

Ein Autor, der ebenfalls auf Quantenphysik Bezug nimmt – und selektiv auch auf die Nahtodforschung – ist der Physiker Markolf H. Niemz, dessen Buch *„Bin ich, wenn ich nicht mehr bin? Ein Physiker entschlüsselt die Ewigkeit"* 2011 im Kreuz Verlag erschienen ist. Niemz bestreitet zwar nicht die Existenz des Ichs im irdischen Leben, meint aber, dass das Ich im Tode verloren geht, weil der Körper als konstituierender Bestandteil stirbt. Ich habe in der vorliegenden Schrift versucht, deutlich zu machen, dass das nicht-materielle Bewusstsein alle wesentlichen Ich-Merkmale, auch alle während des irdischen Lebens gesammelten Erfahrungen, enthält und als seiner selbst bewusstes Ich über den Tod hinaus erhält.

Ohne hier auf seine physikalischen Begründungen eingehen zu wollen, sei angemerkt, dass Niemz auch jegliche Entwicklungsmöglichkeiten einer Seele im „Jenseits" (das dem *„Licht als Speicher aller Liebe und allen Wissens"* entspreche) negiert: es gäbe dort kein zeitliches Nacheinander und kein räumliches Nebeneinander und damit auch keine Entwicklungsmöglichkeit. Die zahlreichen Berichte von Nahtoderfahrenen sprechen eine andere Sprache, und dem steht auch nicht entgegen, dass viele ihr Erstaunen darüber zum Ausdruck brachten, wie wenig die irdischen Erfahrungen von Raum und Zeit während der Phase ihrer Außerkörperlichkeit noch Geltung hatten. Es gab dort durchaus ein Nacheinander, z.B. wenn vor dem Lichtwesen das irdische Leben von frühester Kindheit bis zur augenblicklichen Krise Revue passierte. Und auch der gesamte Ablauf des Nahtoderlebnisses war zeitlich gegliedert, selbst wenn er im Rückblick, nach erfolgreicher Reanimation, nicht mehr in die wenigen Minuten der Außerkörperlichkeit zu passen schien. Auch Räumlichkeit gab es in den Schilderungen der Nahtoderfahrenen, unbeschadet dessen, dass man sich instantan zu einer anderen Person, zu einem anderen Ort, „denken" konnte. – Ich möchte hier keine Buchbesprechung vorlegen, nur soviel sei noch erwähnt, dass Niemz einen nichtpersonalen Gottesbegriff befürwortet (und das auch als Lösung des Theodizeeproblems: wo keine Person ist, kann man auch keine anklagen): „*Gott ist der Motor der Schöpfung, und zugleich ist die Schöpfung der sich entfaltende Gott*" und „*die Schöpfung organisiert sich selbst*". Die meisten Nahtoderfahrenen haben berichtet, dass das ganz offenbar numinose Lichtwesen eine personale Natur hat, eben ein „Wesen" ist – auch wenn man es nicht notwendig für Gott halten muss. In den Anmerkungen zu Teil 2 Gottesbilder habe ich dies näher ausgeführt.

Teil 2 Gottesbilder

Einleitung

Die im 1. Teil dieser Abhandlung beschriebenen Befunde der von Medizinern betriebenen Nahtodforschung legen die Existenz eines nicht-materiellen Bewusstseins nahe, das in Wechselwirkung mit dem Gehirn steht und mit diesem zusammen das von uns erlebte Wachbewusstsein konstituiert. Eine Stütze findet diese These in den Schriften von Quantenphysikern und ausnahmsweise sogar von Neurowissenschaftlern.

Wenn man es als Faktum akzeptiert, dass das individuelle, nicht-materielle Bewusstsein nach dem Tode des Körpers weiter existiert und – wie die Berichte von Nahtoderfahrenen zeigen – in eine andere, die irdische gänzlich transzendierende Seinsweise übergeht, dann stellt sich unausweichlich die Frage, ob dies etwas mit dem zu tun hat, was die Religionen über das postmortale (nachtodliche) Schicksal des Menschen aussagen.

Ein zumindest vorübergehendes nicht-materielles Sein des Individuums wird von allen Hochreligionen unterstellt, vom Judentum, vom Christentum, vom Islam und von Hinduismus und Buddhismus.

Ausgehend von der gestellten Frage ist dieser 2. Teil meiner Schrift eine kritische Auseinandersetzung mit theologischen Vorgaben, die eine relativ große Spannweite christlicher Glaubensentwürfe, also Gottesbilder, abdecken. Und zwar mit dem Ziel, wenigstens ansatzweise den Weg zu Positionen zu finden, die mit den Ergebnissen der Nahtodforschung und der Naturwissenschaften kompatibel sind, ohne das von mir so empfundene Wesentliche christlicher Botschaft aufzugeben. Positionen also, die ein Gottesbild ohne „sacrificium intellectus" (Opferung der Vernunft) ermöglichen.

Da ein solches Ziel weder mit reiner Logik noch gar nur mit naturwissenschaftlichen Argumenten erreicht werden kann, sondern der Weg dahin immer auch von der individuellen Glaubensbereitschaft und deren sehr persönlichen Voraussetzungen abhängt, kann man eine allgemein gültige Antwort nicht erwarten.

Kapitel 1

Der inkarnierte Gott

1. **Schöpfung: durch wen?**

Im Prolog des Johannesevangeliums (1, 1) lautet die wörtliche Übersetzung des griechischen Urtextes:

Im Anfang war der Logos, und der Logos war bei Gott, <u>und Gott war der Logos</u>.
(Unterstreichung von mir)
Und weiter (Vers 14): *Und der Logos ist Fleisch geworden ...*

Für das griechische „Logos" bietet das *Langenscheidts Wörterbuch des Altgriechischen*" (10. Auflage) 33 deutsche Begriffe an, von denen nur einer „Wort" ist; dazu kommt die christlich-theologische Deutung als *Jesus Christus* (der Logos-Christus).

In den mir vorliegenden Bibeltexten (*Neue Jerusalemer Bibel* (= NJB), 2. Aufl.1985; *Lutherbibel* ; *Das Neue Testament* übersetzt von Ulrich Wilckens, 6. Aufl. 1980) und in *The New English Bibel*, 2. Aufl. 1970, wird Logos durchgängig mit „Wort" übersetzt.
Ulrich Wilckens schreibt im Kommentar zu seiner NT-Übersetzung : *„Der Sinn des griechischen Wortes „Logos" ... ist mit keinem deutschen Wort in seinem Vollsinn wiederzugeben. Luther übersetzte mit „Wort", weil er als Ausleger der Meinung war, daß hier vom Schöpfungswort Gottes (1. Mose 1,3 „und Gott sprach") die Rede sei. Aber weder dieses ist hier gemeint noch das Wort Gottes, das Jesus in seiner Verkündigung geredet hat, sondern vielmehr das Wort, das Jesus selbst* **ist** *als der, der vor seiner menschlichen Geburt von Ewigkeit her bei Gott war ...".* Eine ausführliche Diskussion des Logos und seiner Inkarnation als Wort Gottes gibt Hubertus Halbfas (HH 1500f; s. auch meine „Anmerkungen", Nr. 1).

„Vor seiner menschlichen Geburt von Ewigkeit her bei Gott", damit greift Wilckens den zweiten Halbsatz von Joh 1,1 auf: *„und das Wort war bei Gott".* Das wäre durchaus vereinbar mit den Eigenschaften des nichtmateriellen Bewusstseins: es ist zeitlos und steht mit anderen nicht-

materiellen Entitäten im „nicht-lokalen Raum" (ein Begriff der Quantenphysik; in religiöser Sprache: im Reich Gottes) in Verbindung – „alles ist mit allem verbunden", so sagen viele Quantenphysiker (vergl. Teil 1).

Die Aussage, dass der Logos von Ewigkeit her bei Gott war, wird wohl konfessionsübergreifend von konservativen Theologen akzeptiert. Mich wundert allerdings, dass damit ein gewichtiges Pauluswort (Röm 1,3) übergangen wird:
„*das Evangelium von seinem Sohn, der dem Fleisch nach geboren ist als Nachkomme Davids, der dem Geist der Heiligkeit nach eingesetzt ist als Sohn Gottes in Macht seit der Auferstehung von den Toten ...*".
Dies ist eine sogen. „vorpaulinische" Formel, die Paulus übernommen hat und noch älter ist als der schon ca. 55 n.Chr. abgefasste Römerbrief (Gerd Theißen, Annette Merz: „*Der historische Jesus. Ein Lehrbuch*", Göttingen, 2001, p. 481; TM ..).

Also erst seit der Auferstehung eingesetzt als Sohn Gottes!

Die Schriften des Apostels Paulus sind die ältesten Textzeugen des Neuen Testaments, lange vor den Evangelien verfasst – vierzig Jahre vor Johannes, der ebenso wenig wie die synoptischen Evangelisten selber ein Jünger Jesu war (HH 494 f; NJB 1509f). Paulus hat vermutlich auch mit den Angehörigen Jesu nach dessen Tod gesprochen (Theißen/ Merz).
Diese Autoren führen eine ganze Reihe von Argumenten dafür an, dass weder Jesus selbst sich als Sohn Gottes in einem exklusiven Sinne sah, noch die judenchristlichen Gemeinden der ersten Jahrzehnte (was übrigens auch eine ganz unjüdische Blasphemie gewesen wäre). Das Wort „Sohn" wurde vielmehr gemäß einer jüdischen, messianischen Tradition so aufgefasst wie in Ps 2,7 , in dem Gott zu David bei dessen Krönung sagt: „*Mein Sohn bist Du, heute habe ich Dich gezeugt*". Also als ein messianischer Titel, nicht als ontologische Eigenschaft.
Oder in dem Sinne wie Jesus selber dieses Wort verwendet hat: „*Liebt eure Feinde ... damit ihr Söhne eures Vaters im Himmel werdet*" (Mt 5,45). Das „Sohn-Sein" will er also allen Männern und Frauen ermöglichen, die Frieden stiften (Mt 5,9) und ihre Feinde lieben: er beschränkt es nicht auf sich allein!
Theißen/Merz (481) konstatieren: „*Der Sohn-Gottes-Titel wurde Jesus erst aufgrund der Ostererfahrung beigelegt.*"
Siehe hierzu auch Kapitel 3 „Der Jesus der historisch-kritischen Forschung"!

Der von Jesus für sich selber oft gebrauchte Begriff „Menschensohn" steht nicht für „Sohn Gottes", wohl aber für Jesu Vollmachtsbewusstsein. Darüber hinaus besteht in der theologischen Wissenschaft keine Einigkeit darüber, wie er zu deuten ist (TM 470f). „Menschensohn" bezieht sich auf das alttestamentliche Buch Daniel, Kap. 7,13, in dem von einer himmlischen Richtergestalt die Rede ist: „Da kam mit den Wolken des Himmels einer wie ein Menschensohn", d.h. eine Gestalt, die einem Menschen ähnlich sieht (nachdem zuvor von Tieren die Rede war).

Soweit zu der in der Theologie noch nicht entschiedenen Diskussion zum „Sohn-Gottes-Titel".

„Gott war der Logos", steht als erläuternder Zusatz zu den beiden ersten Halbsätzen von Joh 1,1 eindeutig im Urtext. Und das ist für mich der Ausgangspunkt für eine Reihe von Überlegungen zu meiner Kritik an konservativen Vorstellungen von Erbsünde und an einer Trinitätslehre, die sehr leicht mit einer Dreigötterlehre verwechselt werden kann – ein Vorwurf, den Juden und Muslime seit alters erheben. Und letztlich vor allem Ausgangspunkt für das Bild eines liebenden Gottes, das mit den Erfahrungen eines nicht-materiellen, offenbar göttlichen Lichtwesens aus den Nahtod-Berichten kompatibel ist oder sein könnte (s. Teil 1).

Logos heißt ja auch „Denkkraft", „Vernunft". Dieser Begriffsinhalt scheint mir unlösbar verbunden mit jeglicher Vorstellung von einem Schöpfergott.

Wenn man nun unterstellt, dass die Welt sich nicht dem Zufall verdankt, dann liegt es nahe, dass sie durch ein Drittes, vollkommen außerhalb der physikalischen Welt Stehendes, geschaffen oder initiiert wurde – nach dem Johannesprolog durch einen Logos in dieser Bedeutung. Von diesem Dritten stammen alle Naturgesetzlichkeiten, die zur Entfaltung des Universums geführt haben, bis hin zu den materiellen Voraussetzungen von intelligentem Leben und Geist.
Es ist, als ob diese Schöpfung eine göttliche, vollkommene Welt abbilden solle (vielleicht diejenige, in die unser geistig-seelisches Ich, das nicht-materielle Bewusstsein, nach dem körperlichen Tod eintritt) – aber mit all' den Unvollkommenheiten und damit der Erlösungsbedürftigkeit einer Materiewelt, aber eben auch mit der Möglichkeit und dem Auftrag, dass sich menschliche Individuen ethisch, geistig und spirituell weiterentwickeln.

In diesem Zusammenhang möchte ich auf eine große Gefahr für die Akzeptanz christlichen Schöpfungsglaubens in aufgeklärten Gesellschaften hinweisen. Wir dürfen Gott nicht mehr als Lückenbüßer für in unserer Welt wissenschaftlich (noch) nicht Verstandenes missbrauchen! Das war lange Zeit üblich (leider nicht nur bei den Kreationisten und anderen Naiven), und es hat bisher stets zu verlorenen Rückzugsgefechten und zu massiven Glaubwürdigkeitsverlusten der Kirchen geführt.

Dieser Gefahr können wir nur entrinnen, wenn wir die Naturgesetzlichkeiten als solche und in ihrer Wirkung uneingeschränkt akzeptieren. Was kann uns dann daran hindern, Gott als die prima causa (erste Ursache) der Naturgesetze zu glauben? Die Naturgesetze selber bzw. die Vernunft? In Ordnung, man muss ja nicht glauben! Immerhin kann dieser Glaube weder von der Naturwissenschaft noch von der Logik widerlegt werden (und natürlich auch nicht bewiesen!). Für Glaubensbereite: Die Genesis? Sie ist eine Metapher (übrigens eine literarisch großartige!), und ich werde im Zusammenhang mit der Erbsünde noch einmal darauf zurückkommen.

Unter dieser Prämisse ist es ganz gleichgültig, was die Kosmologie schließlich als wirkliche Entstehungsgeschichte unseres Universums enthüllen wird, ob Urknall nach dem Standardmodell, ob Umgehung des damit verbundenen Singularitätenproblems mittels Schleifen-Quantengravitation (Martin Bojowald: *„Zurück vor den Urknall"*, S. Fischer, 2009), ein Multiversum von einer der verschiedenen Arten, die Brian Greene in seinem spannenden Buch *„Die verborgene Wirklichkeit"* (Siedler, 2012) beschreibt oder gar ein sich selbst via Zeitschleife erschaffendes Multiversum (John Richard Gott und Li-Xin Li, zit. von Rüdiger Vaas in *„Tunnel durch Raum und Zeit"*, S. 372 f, Kosmos, 2010; J.R.Gott bezeichnet sich übrigens als Christen, der an Gott glaubt, und er sagt *„Ich würde sehr vorsichtig sein, irgendwelche theologischen Schlußfolgerungen aus unserem Modell zu ziehen"*).

Der Gott unseres Glaubens steht außerhalb solcher Systeme, und wir können ihn à priori nicht erfassen und erklären – sowohl an sich als auch in Bezug auf sein Wirken in der Welt. Das kann als Wirken Gottes nur subjektiv empfunden bzw. geglaubt werden, ebenso wie die Personalität Gottes. Manche der Nahtoderfahrenen mögen anders darüber denken, doch davon später mehr!

Ob ein solcher Glaube von der naturwissenschaftlichen Tatsache, dass sich intelligentes Leben (wie wir es kennen) nur in einem Universum entwickeln konnte, das hinsichtlich seiner Naturkonstanten exakt so beschaffen ist wie das unsere, nachhaltig gestützt wird, erscheint mir fraglich; zumindest, wenn sich dieser Glaube der Annahme verdankt, dass hier eine Finalität vorliegt, ein „damit" (sich intelligentes Leben entwickeln konnte). Denn die ganz besonderen physikalischen Eigenschaften unseres Universums könnten durchaus zufällig so sein, ganz egal wie gering die Wahrscheinlichkeit dafür ist. (Manche Kosmologen, insonderheit Hugh Everett (BG 260f) behaupten ja aufgrund quantenphysikalischer Überlegungen, dass es unendlich viele Universen gibt; da würde dann wohl auch eines dabei sein müssen wie das unsere.)

Wenn man nun aber Finalität unterstellt, also nicht „sodass sich ... Leben entwickeln konnte" (das sogenannte „schwache anthropische Prinzip"), sondern „damit sich ... Leben entwickeln konnte" (das „starke anthropische Prinzip"), dann hat man schon den Boden des Rationalen verlassen und befindet sich auf transzendentem Gebiet, dem des Glaubens. Kein anthropisches Prinzip nimmt einem den mutigen Schritt über die Grenze hin zum persönlichen Glauben ab! <u>Vielleicht aber die Begegnung mit dem göttlichen Lichtwesen in einer Nahtoderfahrung, denn da tritt Wissen aus eigener Anschauung an die Stelle des Glaubens!</u> (s. Teil 1, Kap. 2, 8.)

(Das anthropische Prinzip besagt: Die entscheidenden physikalischen Parameter unseres Universums sind exakt so bemessen, dass (oder: damit) sich genau diese Welt – und keine andere – entwickeln konnte; s. z.B.: John Gribbin, Martin Rees (Astronomieprofessor der Universität Cambridge): *Ein Universum nach Maß* , Insel Taschenbuch 1991).

2. Schöpfung: Warum und mit welchen Folgen?

Warum nun mag Gott „die Welt" erschaffen haben?

Genügt er sich nicht selber? Er ist doch, der katholischen Gotteslehre zufolge, *„in sich und aus sich überaus selig"*! Und schon gar nicht ist mir vorstellbar, dass der Allmächtige auf Geschaffenes angewiesen wäre, nicht auf Lob, nicht auf Gebet, nicht auf Verehrung.

Warum also?

Nach dem Neuen Testament *ist* Gott Liebe (1 Joh 4,8: „... *denn Gott ist die Liebe*"); und nicht nur der 1. Johannesbrief spricht davon, sondern die Liebe des Vaters gehört offensichtlich zu Jesu Gottesbild und zum Zentrum seiner Verkündigung. Und auch Paulus misst der Liebe Gottes den höchsten Stellenwert unter den Charismen zu (z.B. Röm 5, 38-39; besonders 1 Kor 13, 1-13).

Auch das Lichtwesen aus den NTE ist Liebe und Wissen. Von dieser Liebe wird berichtet, sie sei so intensiv, dass sie alle irdischen Erfahrungen von Liebe weit übersteigt und daher mit keinen menschlichen Worten beschrieben werden kann (s. Teil 1, Kap. 2, 8.). Das Licht, das es ausstrahlt – oder aus dem es besteht – wird als heller als das der Sonne beschrieben; man wird unwillkürlich erinnert an die Worte aus dem Johannesprolog vom *„Licht der Menschen"* (Joh 1,4), *„das jeden Menschen erleuchtet"* (Joh 1,9). Sein Wissen umfasst unter anderem das gesamte Leben des nicht-materiellen Bewusstseins eines Menschen, mit allem, was er getan, unterlassen, gedacht und gefühlt hat.

Unter der also nahe liegenden Annahme, dass das Lichtwesen göttlicher Natur ist, zumindest aber eine Mittler-Rolle zu Gott einnimmt (Teil 1, Kap. 2, 4., 7. u. 8.) erübrigt sich eine nähere Erörterung der theologischen Fragestellung über das Bezugsobjekt der Liebe des „Vaters". Dazu sei nur soviel gesagt, dass z.B. der Fundamentaltheologe Peter Knauer SJ der Meinung ist, dass Gott seine Geschöpfe nicht unmittelbar lieben könne, weil der Schöpfer damit nicht mehr unabhängig von seinen Geschöpfen sei (*Der Glaube kommt vom Hören"*. Schadel Verlag 1983). Und deshalb gelte seine unmittelbare Liebe nur dem „Sohn" (also immerhin einer anderen Person, wohlgemerkt!), und seine Geschöpfe seien nur in diese Liebe „hineingenommen", was immer das bedeutet.
Die Liebe des Lichtwesens wird jedenfalls nicht konstituiert durch irgendein Bezugsobjekt; sie ist ihm eigen, sowie sie wohl auch nach dem 1. Johannesbrief eine Eigenschaft Gottes sein soll.

Nun gut, Gott hat also die Welt und in ihr Wesen geschaffen, die von seiner Liebe umfangen werden.

3. Das Theodizee-Problem

Nun ist aber mit dieser Art von Schöpfung notwendigerweise auch (!) verbreitetes und oft schreckliches Leid verbunden: durch natürliche Prozesse wie Krankheiten, Altern, Sterben, Naturkatastrophen, unverschuldete Unfälle und all' das, was sich Menschen selber und gegenseitig zufügen. Im Zuge der Evolution in einem materiellen Kosmos ist der größte Teil solchen Leides gänzlich unvermeidbar, auch wenn es nicht jeden trifft – wenn also sogar noch Leiden an Gefühlen der Ungerechtigkeit des Schicksals oder Gottes dazu kommt.

Der Philosoph Leibniz hat für dieses uralte Problem den Begriff Theodizee geprägt. Das bedeutet ursprünglich „Rechtfertigung Gottes" angesichts des Leidens seiner Geschöpfe. Man sah einen offenkundigen Widerspruch zwischen dieser Leid-Erfahrung einerseits und dem theistischen Bekenntnis zu einem allmächtigen und sittlich vollkommenen Gott andererseits. Daraus ableitbar ist nicht etwa ein Einwand gegen die Existenz Gottes (was von atheistischer Seite oft versucht wurde), sondern gegen dieses Bekenntnis: Gott ist entweder nicht allmächtig oder er ist nicht sittlich vollkommen oder beides nicht. Und insofern geht es der Theodizee heute auch nicht um die Rechtfertigung Gottes, sondern darum, aufzuzeigen, dass der genannte Widerspruch nur ein scheinbarer ist, wie der Münchner Fundamentaltheologe Armin Kreiner in seinem umfangreichen und tiefgründigen Werk „*Gott im Leid*" ausführt.

In einem jüngst bei Herder erschienenen und offenbar viel beachteten Buch versucht der Physiker Markolf H. Niemz, das Theodizeeproblem dadurch auszuhebeln, dass er Gott als nicht-personal beschreibt. Ich will an dieser Stelle nicht darauf eingehen und verweise auf meine Anmerkungen Nr. 3 zu Teil 1 und Teil 2 der vorliegenden Schrift.

Das von Menschen verursachte Leid lässt sich in seinem Ursprung aus seiner Evolution erklären. Die Familie der Hominiden hatte in ihrer mehr als fünf Millionen Jahre dauernden Entwicklung aus tierischen Vorfahren einen harten Überlebenskampf zu führen, nicht nur mit der unbelebten Natur, sondern auch mit Konkurrenten um Nahrung, Lebensraum und – innerhalb der eigenen Art – um Sexualpartner. Und sie hatten sich ständig gegen Raubtiere zu verteidigen.

Das erforderte unter anderem die ausgeprägte Fähigkeit, sich mit Mut, Kampfeslust und manchmal wohl auch Rücksichtslosigkeit durchzusetzen – nicht nur im eigenen Interesse sondern auch zum Schutze der Familie oder Sippe. Dieses Potential muss so als unvermeidbares Erbe unserer Stammesentwicklung angesehen werden. Anders hätte es in diesem Schöpfungssystem keine Menschen geben können.

Nun haben aber die Menschen im Verlauf ihrer Evolution auch die Anlagen zu moralisch höheren, sozialen Verhaltensweisen erworben, ohne die das Überleben der Familienverbände und letztlich der Art in einer feindlichen Umwelt auch nicht möglich gewesen wäre.

Hieraus ergibt sich ein moderner Ansatz zur Lösung des Theodizeeproblems, das „soul making" des englischen Theologen John

Hick (AK 237). Ziel des Menschseins sei, in Kreiners Worten (224), die autonome Entwicklung der Sittlichkeit in einem langwierigen, moralischen und spirituellen Reifungsprozess hin zu einer *„personalen Vollendung"* durch Überwindung der Ich-Zentriertheit. Hick: *„Das eschatologische Ziel macht es wert, die Leiden, die Menschen auf ihrem spirituellen Weg zu erleiden haben, in Kauf zu nehmen; d.h. Leid und Übel werden ' justified by their outcome' "*. Unter eschatologischem Ziel ist hier die postmortale Vollendung der Person zu verstehen (z.B. AK 270; to eschaton: das Äußerste, theologisch: die Letzten Dinge). Eine solche Entwicklung kann es nur geben in einer Umwelt, die Leiderfahrungen durch Mensch und Natur ermöglicht. Und nur bei freien Menschen, d.h. es wird Willensfreiheit vorausgesetzt. Kreiner (238f): *„Die Existenz der Willensfreiheit ermöglicht die Genese der Sittlichkeit. ... Im Laufe dieses Prozesses kann aus einzelnen sittlich signifikanten Entscheidungen bzw. Handlungen eine sittlich qualifizierte Person entstehen, die sich im Verlauf ihrer Geschichte in Freiheit zu dem macht, was sie schließlich sein wird."*

Kreiner sagt zu Recht, dass ein solcher Reifungsprozess zu Lebzeiten nur bei wenigen Menschen sichtbar an sein Ziel gelangt, und führt deshalb wieder John Hick an: Dieser *„postuliert für all jene, die in diesem Dasein nicht ihre Bestimmung erreichen, eine individuelle Weiterentwicklung über die Grenzen des irdischen Daseins hinaus. Für diese Annahme sieht Hick in der katholischen Lehre vom Purgatorium einen Anknüpfungspunkt innerhalb der christlichen Tradition. Die weitere Entfaltung seiner Eschatologie rekurriert hauptsächlich auf eine modifizierte Version des Reinkarnationsgedankens."* Unabhängig davon, wie die eschatologische Wirklichkeit konkret aussieht, hält Kreiner die Annahme eines postmortalen Fortgangs des individuellen Entwicklungsprozesses für unabweisbar (AK 270f).

Keine positiv orientierte Lösung in Richtung einer menschlichen Höherentwicklung kommt ohne die Willensfreiheit des Menschen aus, denn ein unfreier, determinierter Mensch kann sich sittlich nicht weiterentwickeln.

Aber: Unter theistischer Prämisse (*„Gottes Allwissenheit umfasst definitionsgemäß ausschließlich unfehlbares Wissen"* (AK 287); d.h. auch, Gott sieht die Zukunft in allen Einzelheiten voraus) kann es keine menschliche Willensfreiheit geben, so Kreiner.
Hierzu ein einfaches Denkmodell (AK 289): Zu einem bestimmten Zeitpunkt T_1 weiß Gott im Voraus, dass ein bestimmter Mensch M zu dem künftigen Zeitpunkt T_2 sich für die Alternative A_1 (z.B. lügen) statt für A_2 (die Wahrheit sagen) entscheiden wird. Aus M's subjektiver Sicht

mag seine Entscheidung für A_1 zwar frei sein, objektiv ist sie es aber nicht, denn wenn M sich für A_2 entscheiden würde, hätte Gott sich geirrt – und das wiederum ist mit dem theistischen Bekenntnis unvereinbar.
Kreiner versucht, diese Aporie (Unmöglichkeit, zu einer Lösung zu kommen) damit zu umgehen, dass er unterstellt, Gott existiere – wie seine Schöpfung – ebenfalls „in der Zeit" (das ist der „temporalistische" Lösungsansatz); auch für ihn sei die Vergangenheit unveränderlich und die Zukunft offen, und zwar deshalb, weil er freiwillig auf die Fähigkeit des Vorherwissens verzichtet habe. Die Zukunft sei also *„kein möglicher Gegenstand wahrer Erkenntnis ..., weder für Menschen noch für Engel – und auch nicht für Gott"*. (AK 297) Gott verzichte darauf, *„die Zukunft durchgängig zu determinieren"*. (AK 300) Nur so sei gewährleistet, dass die Entscheidungen freier Menschen auch wirklich frei, undeterminiert, sind. *„Die Erschaffung des Universums mit einer offenen Zukunft impliziert natürlich eine Einschränkung hinsichtlich dessen, was Gottes Allmacht bewirken und seine Allwissenheit erkennen kann"*. (AK 298)

Ich frage mich allerdings, wie Gott ohne die Fähigkeit des Vorherwissens diese Welt geschaffen haben konnte, in der vom Urknall (oder einem ähnlichen Ereignis) an alle Abläufe nach Naturgesetzlichkeiten ausgerichtet waren, die schließlich zur Entstehung von Menschen geführt haben.
Und ich frage mich auch, ob Gott nach Kreiners temporalistischer Vorstellung womöglich auch seine eigene Zukunft nicht kennt?

Es gilt nach theistischer Vorstellung aber auch, dass der Schöpfer von Ewigkeit her existiert – jedenfalls vor der Erschaffung des Universums, in dem wir jetzt leben. Und die Zeit gehört allemal zum Geschaffenen; und weil der Schöpfer unabhängig von seiner Schöpfung ist, steht er über der Zeit und erkennt *„gleichsam von außerhalb der Zeit her Vergangenheit, Gegenwart und Zukunft seiner Geschöpfe. ... Gott weiß um den zukünftigen Ereignisverlauf streng genommen gar nicht im Voraus, er erkennt ihn vielmehr unmittelbar aus der Perspektive seiner ewigen Gegenwart"*. (AK 292) Mit anderen Worten: Alle zeitlichen Begriffe, wie Vorher, Nachher, Ewigkeit, sind Begriffe des Menschen und haben für Gott nicht die Bedeutung, die sie für uns haben. Genau das gilt auch für den „nicht-lokalen Raum" der Quantenphysik und des nicht-materiellen Bewusstseins, also für den Bereich, in den das individuelle Bewusstsein, die Seele, eines jeden Menschen nach dem Tode des Körpers eintritt (s. Teil 1).

Diese Idee des überzeitlichen Gottes ist schon alt, sie findet sich bereits beim spätantiken Philosophen Boëthius (ca. 480 – 524 n.Chr.). Kreiner meint, dass sich dieser „eternalistische" Lösungsansatz *„letztlich als*

einzige prima facie (auf den ersten Blick) *überzeugende Lösung des Problems nahe legt"*. (AK 292)
Das tut sie auch für mich, und zwar nicht nur auf den ersten Blick und trotz der von Kreiner hierzu genannten logischen Bedenken:
Denn nach ihm folgt daraus, *„dass die Geschichte des Universums ... von Ewigkeit her feststeht"* (AK 296) und der Zeitbegriff der Menschen nur eine Illusion ist, *„die sich der Begrenztheit des menschlichen Erkenntnisvermögens verdankt. ...*
Tatsächlich steht nicht nur immer schon der Ausgang des „Films" fest, sondern jede einzelne Szene – und zwar bis ins kleinste Detail". (AK 297).
Die Zukunft sei also auch hier nicht offen; sie könne nur als offene gedacht werden, wenn sie gegenwärtig noch nicht existiert, weder in Gottes Geist noch anderswo. Und deshalb folge aus dem eternalistischen Gottesbild ebenso die Negation der menschlichen Willensfreiheit wie aus dem temporalistischen Denkmodell eines in der Zeit existierenden Gottes, der nicht auf sein Vorherwissen verzichtet.

Ich denke nicht, dass diese Barrikaden der Logik zu Recht errichtet wurden, und zwar aus folgendem Grunde:

Gott sieht sozusagen zu, was im besagten „Film" passiert, er weiß zu allen Phasen der Menschheitsgeschichte, wie sich jeder Einzelne frei entscheidet. Man könnte das oben genannte Beispiel Kreiners aufgreifen und modifizieren: Gott weiß zu einem irdischen Zeitpunkt T1 (oder im eternalistischen Bilde: zeitunabhängig, in seiner ewigen Gegenwart), dass ein bestimmter Mensch zu einem späteren irdischen Zeitpunkt T2 die Entscheidung A frei getroffen haben wird. Frei getroffen, wohlgemerkt! Die Alternativ-Entscheidung B hat dieser Mensch eben nicht getroffen, schließlich kann er sich ja nur für eine der beiden Möglichkeiten entscheiden! B steht also zum Zeitpunkt T2 gar nicht mehr zur Diskussion. Von dieser Entscheidung A kann zum Zeitpunkt T1 eben nur eine eternalistische über der Zeit stehende göttliche Entität wissen. Mit Determinierung der Entscheidung und Einschränkung der Willensfreiheit hat das überhaupt nichts zu tun!

Unsere Entscheidungen sind also – philosophisch gesehen, biologisch möglicherweise nicht – wirklich frei, unabhängig vom Wissen Gottes!
Wir müssen uns einfach darüber klar sein, dass es in einem eternalistischen Modell für Gott (nicht für uns!) kein Vorher und Nachher gibt – so wie es auch im nicht-lokalen Raum des nicht-materiellen Bewusstseins keine Zeit im irdischen Sinne gibt. Sehr interessant ist in diesem Zusammenhang, was manche Nahtoderfahrene berichten, nämlich über *„einen ganzen in sich geschlossenen Seinsbereich, wo*

alles Wissen - das gewesene, das gegenwärtige und das zukünftige – zu koexistieren schien in einem gleichsam zeitlosen Zustand"! (MN 24)
Mit der Prämisse eines für das „soul making" unabdingbaren freien Willens kompatibel ist auch die tiefste Nahtoderfahrung, die mir bekannt ist, nämlich die des Neurochirurgen Eben Alexander (s. Teil 1 Kap. 2, 1. u. 7.). Während seines siebentägigen Komas gelangte er mehrfach in einen Bereich von *„tiefschwarz strahlender Dunkelheit"* (EA 100), *„unermesslich groß, aber auch unendlich tröstlich", „die Quelle, die für die Entstehung des ganzen Universums verantwortlich ist"* (EA 71). Er nannte diesen Bereich *„das Zentrum"* und das Numinosum darin Gott oder *„das Om"*. Und er erfuhr dort durch ein zwischen der göttlichen Wesenheit und ihm vermittelndes Lichtwesen, dass das Böse zur Ausübung des freien Willens nötig sei, und dass es ohne freien Willen *„kein Wachstum geben* (könne) *– keine Vorwärtsbewegung und keine Chance für uns, das zu werden, was sich Gott für uns ersehnte."* (EA 73)

Sicher ist für mich, dass der Mensch, unabhängig von allen philosophisch-theologischen Problemlösungen, seine Entscheidungen so fällt als seien sie frei – so jedenfalls nimmt er seine Entscheidungen selber wahr, und dabei kommt es für ihn nicht darauf an, ob es einen Gott gibt, der vorher gewusst hat, wie er sich entscheidet.

Und eben dieses Gefühl, einen freien Willen zu haben, jedenfalls frei entscheiden zu können, ist ja auch die Voraussetzung dafür, verantwortlich handeln zu können. Und damit allerdings auch, Schuld auf sich zu nehmen.

In diesem Zusammenhang halte ich ein Wort Gazzanigas, immerhin einer der führenden Neurowissenschaftler unserer Zeit, für bedenkenswert; nämlich zu der Bestreitung von freiem Willen aufgrund der Beobachtung, dass eine Entscheidung (z.B. eine bestimmte Bewegung auszuführen) bis zu 10 Sekunden in der Hirnaktivität mittels fMRT nachweisbar ist, bevor sie vom Bewusstsein registriert wird:
„Bewusste Willensbildung, die Vorstellung, dass wir uns willentlich zu etwas entschließen, wäre dann nur eine Illusion. Aber ist das die richtige Vorstellung? Ich glaube allmählich nicht mehr daran." (MG 149f)

Und weiter: *„Ich glaube nicht, dass diejenigen neuronalen Reduktionisten, die davon ausgehen, dass jeder Geisteszustand identisch mit einem bis jetzt unentdeckten neuronalen Zustand sei, das jemals werden beweisen können. Ich glaube, dass bewusstes Denken eine emergente Eigenschaft ist."* (s. hierzu Teil 1, Kap. 3, 3.)

4. Erbsünde ?

Gott hat also den Menschen ungeheure Leiden zugemutet, ob dies nun der sittlichen Höherentwicklung dient oder nicht.
Liegt es da nicht nahe, dass er selber die Menschheit mit sich versöhnt, indem er an ihren Leiden demonstrativ teilhat?
Er selber, nicht sein „Sohn"; denn wie könnte ein göttlicher Liebender einen anderen in einen entsetzlichen Tod schicken, noch dazu jemanden, den er wie einen Sohn liebt? Und dies womöglich, weil er sonst nicht die angebliche Erbsünde der Menschheit, von Adam her vererbt auch auf gänzlich Unschuldige, vergeben kann?

Tod aller als Folge der Sünde eines Einzigen, Adams, von Paulus eindringlich thematisiert (z.B. Röm 5,12; Röm 3,21-26). Erbsünde, die aufgrund der natürlichen Abstammung von Adam die menschliche Natur, mithin das ganze Menschengeschlecht, befleckt hat und nur durch den Martertod des Gottessohnes gesühnt werden kann. Das wird von Paulus und aller kirchlichen Theologie nach ihm bis heute als Gerechtigkeit Gottes bezeichnet.
Und der Kirchenlehrer Augustinus *„versteigt sich schließlich sogar zu einer der wohl ungeheuerlichsten Behauptungen der gesamten Theologiegeschichte"*, so der Münchner Fundamentaltheologe Armin Kreiner in seinem tatsächlich fundamentalen Buch über das Theodizeeproblem (AK 154): Augustinus behauptet ernsthaft, dass unabhängig von individueller Schuld alle Menschen eigentlich das schlimmste aller denkbaren Übel, nämlich die ewige Verdammnis, verdient haben!

Wie denn hätte Homo sapiens zum sapiens werden sollen, wenn nicht dadurch, dass er schließlich zur Unterscheidung von Gut und Böse gelangte – der Voraussetzung jeglicher evolutiver und individueller ethischer und spiritueller Weiterentwicklung?

Wie vieles in der Bibel ist auch die Geschichte vom Sündenfall letztlich eine Metapher – eine Metapher für die in Wirklichkeit Jahrmillionen dauernde Entwicklung von vormenschlichem, noch schuldunfähigem Sein im „Paradies" zu dem, was den Jetztmenschen ausmacht. Warum sollte Gott diese Evolution des Geistes nicht gewollt haben? Nur weil es so in der Genesis steht? Ebenso gut könnte man auch heute noch behaupten, die Welt sei in 6 Erdentagen geschaffen, oder Adam sei aus *„Erde vom Ackerboden"* gemacht – das steht schließlich auch in der Bibel.

Warum überhaupt muss Einer die Schuld aller auf sich nehmen? Genügt es nicht, dass sich jeder Einzelne vor sich selbst und vor Gott verantworten muss, nach seinem Sterben? Es ist ja ohnehin nicht so gedacht, dass die individuellen Sünden der Menschen getilgt sind durch Jesu Tod. Die Bibel kennt das Schreckensbild der Hölle, und das ist bis heute kirchlicherseits leider noch nicht dementiert worden.

Die postmortale Wirklichkeit wird gewiss anders aussehen: Nahtoderfahrene haben berichtet, wie sie die Leiden, die sie anderen zugefügt haben, bei der Lebensrückschau in Gegenwart des Lichtwesens miterlebt haben. Und in Raymund A. Moody's Buch *„Nachgedanken über das Leben nach dem Tod"* ist auf S. 34f von einem *„Reich der verwirrten Geister"* die Rede, einem Bereich zwischen der Körperwelt und der nicht-materiellen Welt. Hier hätten sich Wesen aufgehalten, *„die in einem offenbar höchst unglücklichen Seinszustand <gefangen> zu sein schienen"*, unfähig ihre Bindungen an die Körperwelt aufzugeben und – wie es den Gewährspersonen erschien – verstrickt in ungelöste Probleme. Hölle genug, aber sicher nicht für ewig!

Warum sollte nicht jeder Einzelne einen sittlichen und spirituellen Entwicklungsprozess durchmachen dürfen, beginnend in diesem irdischen Leben und fortgesetzt nach seinem Tode? Postmortal dann eine Entwicklung, die seine irdische Lebensführung berücksichtigt – vielleicht so etwas wie ein Purgatorium, getragen von der Güte Gottes?

5. „Pater passus est": Der Vater hat gelitten

Theologen würden wohl sagen, dass die im vorangegangenen Abschnitt geschilderten Überlegungen mit der Lehre vom Opfertod Jesu – einem Kernelement christlichen Glaubens – nicht in Einklang stünden. Ja, das liegt nahe, wenn man nur die Erbsünde im Blick hat, aber vielleicht gibt es eine andere Erklärung, die ebenso die Liebe Gottes zu seiner Schöpfung beweist und Jesu Leiden durchaus sinnvoll erscheinen lässt.

Den Kerngedanken habe ich oben schon kurz angedeutet und will ihn nun näher ausführen:

Wenn man das *„und Gott war der Logos"* in Joh 1,1 und Vers 14 *„Und der Logos ist Fleisch geworden"* so nimmt, wie es da steht, dann ist es Gott selbst gewesen, der sich inkarniert hat.

Doch auch ohne diese johanneischen Texte, die gemeinhin ja anders interpretiert werden, halte ich es für sinnvoll, diese Idee weiter zu verfolgen – und dazu ist mir der Gedanke nicht erst bei Jack Miles' Buch (*„Jesus. Der Selbstmord des Gottessohns"*, Hanser 2001), sondern schon viel früher bei der Lektüre der frühen Kirchengeschichte gekommen (z.b. bei August Franzen: *„Kleine Kirchengeschichte"*, Herder 1988) und noch davor, als ich mit einigem Erstaunen bei Paulus las, dass Gott durch Jesu Tod die Welt mit sich versöhnt hat, nicht umgekehrt, nicht so, dass der wegen der Erb- und sonstigen Sünde der Menschheit zürnende Vater erst versöhnt werden konnte durch das blutige Opfer seines Sohnes, sondern die Welt wurde versöhnt: Röm 5,10: *„dass wir mit Gott versöhnt wurden durch den Tod seines Sohnes";* 2 Kor 5,19: *„Gott war es, der in Christus die Welt mit sich versöhnt hat"*. Aber immerhin erfordert auch dieses Denkmodell, das – so interpretiert – ja in deutlichem Widerspruch zu dem steht, was Paulus sonst zum Thema schreibt (z.B. Röm 3, 21f), die Opferung eines Dritten!

Anderes liest man in der frühen Kirchengeschichte:

Um das Jahr 200 gab es in Rom eine theologische Richtung, die monarchianische, nach der Gott als Vater, Sohn und heiliger Geist auftreten könne, also ein und derselbe sei, mal in dieser, mal in jener Gestalt. Mithin, so die Modalisten als eine Gruppierung der monarchianischen Theologie, sei Christus nur eine Erscheinungsform (modus) des einen Gottes. Daraus folge, dass letztlich Gott der Vater am Kreuz gelitten habe (*„pater passus est"*). Diese Auffassung wurde im 3. Jahrhundert als Häresie zurückgewiesen. Tatsächlich gibt es ja auch ein Problem damit: Gott ist Geist, und der „Heilige Geist" natürlich auch. Aber Jesus war Mensch und kein auf die Erde herabgestiegener Gott, der nur so aussah wie ein Mensch (diese Deutung gab es damals auch, der Doketismus, der ebenfalls als Häresie verurteilt wurde)!

Wenn Gott selber am Kreuz gelitten hat, dann kann das einmal so gedacht werden, dass Gott sich im Menschen Jesus inkarniert hat. D.h. Jesus wäre Mensch geblieben, aber in ihm wäre der Geist Gottes gewesen. Er hätte also zwei Naturen gehabt, eine menschliche und eine göttliche – und genau das besagt das theologische Konstrukt der „Hypostatischen Union", das man sich im Laufe der ersten vier nachchristlichen Jahrhunderte zusammen mit der Trinitätslehre in mühseligen (und manchmal feindseligen!) Prozessen auf einigen Konzilien abgerungen hat. Die göttliche Natur hätte dann wohl die menschlichen Qualen am Kreuz mit erleiden müssen. Das gehört zwar bezüglich der Hypostatischen Union meines Wissens nicht zur

Lehrmeinung der Kirche(n), aber es scheint mir doch sehr nahe zu liegen.

Zum andern kann das „pater passus est" auch daraus resultieren, dass Gott – ohne Inkarnation – *„in uns allen ist"* (Eph 4,6; s. Anmerkung 2) und nach allgemeiner christlicher (und übrigens auch islamischer) Auffassung nicht nur unsere Taten, sondern auch unsere Gedanken kennt – wie sonst könnte man im Stillen zu ihm beten? Wenn er unsere Gedanken kennt, kennt er auch unsere Gefühle, das Leid und das Glück jedes einzelnen Menschen und könnte so daran Anteil haben bzw. nehmen. Das wäre die am wenigsten dogmatische und wohl auch unproblematischste Lösung.

Der Vater hat also an Jesu Leiden teilgehabt, inkarniert oder nicht, und so hat es Gott selber auf sich genommen, für uns oder mit uns zu leiden. Und zwar um uns mit sich zu versöhnen wegen der Leiden, die unvermeidbar mit einer Schöpfung der Materiewelt verbunden sind, und um uns seine unendliche göttliche Liebe zu zeigen, eine Liebe für alle – erstmals in der Religionsgeschichte!

Ich finde, das hat etwas für sich, und die ganze abscheuliche Erbsündenlehre wäre vom Tisch!

Kapitel 2

Gott in drei Personen ?

Die Trinitätslehre (3 göttliche Personen mit einer Natur, also *„auf gleicher göttlicher Ebene"* (Küng, s.u.)) haben sich, wie gesagt, zahllose Theologen in oft erbittertem Streit im Laufe der ersten Jahrhunderte abgerungen. Sie scheint mir vor allem ein hellenistisch-philosophisches Kunstprodukt zu sein. Denn diese vom Judentum und vom Islam nicht ganz zu Unrecht so bezeichnete „Dreigötterlehre" ergibt sich keineswegs zwingend aus den neutestamentlichen Schriften, denn dort *„gibt es ... keine Lehre von einem „drei-einigen Gott", einer „Dreifaltigkeit"* (Hans Küng: *„Das Christentum, Wesen und Geschichte"*, Piper 2007, S. 127).

Wenn nun Gott selber der Logos ist (Joh 1,1) und *„Fleisch geworden"* ist (Joh 1,14), also sich in Jesus inkarniert hat, dann kann der Logos keine zweite göttliche Person sein.

Und wenn die historisch-kritische Forschung mit ihrer Behauptung recht hat, dass der Sohn-Gottes-Titel Jesus erst aufgrund der Ostererfahrung beigelegt wurde (TM 481), dann fehlt der Trinitätslehre ihre wichtigste Grundlage!

Und der Heilige Geist? *„Gott ist Geist"* (Joh 4, 24), Gott als solcher ist Geist, aber vom Heiligen Geist als einer zusätzlichen göttlichen Person ist im Neuen Testament nicht die Rede. Wo diese Bezeichnung gebraucht wird, z.B. bei Lk 1,15, ist sie als eine besondere prophetische Gabe gemeint, *„die geisterfüllt sprechen lässt"*. (NJB 1459)

Im Geist und durch ihn ist Gott gegenwärtig in der Welt. So kann Gott auch wirksam im Menschen sein.

Und damit wären wir zu einer unbezweifelbar monotheistischen Auffassung zurückgekehrt!
Einen bedingungslosen Eingottglauben gab es übrigens in christlichen Gemeinden noch Jahrhunderte lang, nämlich in den judenchristlichen Gemeinden. Das geht z.B. aus den Schriften des hellenistisch geprägten Kirchengeschichtsschreibers Eusebios hervor, der dies – offenbar mit Befremden – für das 3./4. Jahrhundert bezeugt. (HK 129)

Nach Küng geht es im NT „*nicht um metaphysisch-ontologische Aussagen über Gott an sich und seine innerste Natur ... Es geht viel mehr um soteriologisch-christologische Aussagen, wie Gott selbst sich durch Jesus Christus in dieser Welt offenbart*" – nämlich „*im Geist*". (HK 129)

Ich verstehe das so, dass der Geist Gottes auf eine so einzigartige Weise in dem Menschen Jesus aus Nazaret präsent und wirksam war, dass Gott sich und seine unendliche Liebe dadurch der Welt offenbaren konnte. Darum ist Jesus der Gesalbte (=Christos, Messias) Gottes und von einer weit höheren Bedeutung als der "Sohn" nach der alttestamentlichen Inthronisationsformel Davids „*Mein Sohn bist Du. Heute habe ich Dich gezeugt*" (Ps 2,7). Ich habe in dieser Formulierung ganz bewusst und im Gegensatz zu Küng die Vergangenheitsform gewählt („... wirksam war"), weil ich das geschichtliche Ereignis dieser Offenbarung meine. Gott kann sich auch unabhängig davon offenbaren und seine Liebe wirksam werden lassen, erkannt oder unerkannt, bei jedem Menschen, ungeachtet irgendeiner oder überhaupt einer Religionszugehörigkeit .

Wenn ich Küng hier zumindest partiell für meine trinitätskritischen Auffassungen „vereinnahme", so muss ich fairerweise auch sagen, dass er sich andererseits vehement gegen jegliche Tendenzen wendet, „*Christus mit Gott schlechthin („ho theos") zu identifizieren*", also wohl auch gegen jegliche Inkarnationsvorstellungen. Tendenzen, die als Gegenreaktion der frühen und noch der frühmittelalterlichen Kirche (z.B. in der Karolingerzeit) gegen den Arianismus (wonach Christus nie mehr als nur ein Mensch war) zu verstehen sind und bis heute noch in der griechisch-orthodoxen Ikonografie mit ihrer auffällig über Menschenmaß erhöhten Darstellung des Christos als Pantokrator (Allherrscher) ihren künstlerischen Niederschlag finden.

Kapitel 3

Der Jesus der historisch-kritischen Forschung

1. Der Sohn-Gottes-Titel

Ausgangspunkt meiner Überlegungen in Kapitel 1 war die Frage, ob der im Johannesprolog genannte, griechische Begriff Logos identisch ist mit Gott („*Und Gott war der Logos*", heißt es dort), sich also Gott im Menschen Jesus inkarniert hat („*Und der Logos ist Fleisch geworden*", so Joh 1,14), oder ob der Logos für einen präexistenten Christus steht, also für den „Sohn Gottes", obwohl in diesem alten, hymnischen Text das Wort Sohn (hyios) überhaupt nicht vorkommt! Schon eingangs war also eine Diskussion über den Sohn-Gottes-Titel nötig, wofür ich auch auf die Ergebnisse der historisch-kritischen Forschung vorgreifen musste.
Hier nun sind die mir wichtigen Resultate dieser historischen und textkritischen Untersuchungen im Zusammenhang :

Gerd Theißen/Annette Merz konstatieren – übereinstimmend mit Hans Küng – in ihrem wissenschaftlichen Lehrbuch „*Der historische Jesus*" (TM 481) „*der Sohn-Gottes-Titel wurde Jesus erst aufgrund der Ostererfahrung beigelegt*", also nachdem er seinen Jünger(inne)n als Auferstandener erschienen war. Auch diese Autoren führen als Zeugen dafür vorrangig die von mir schon zitierten „vorpaulinischen" Worte (Kap. 1) in Röm 1,3-4 an („*eingesetzt zum Sohn Gottes in Macht seit der Auferstehung von den Toten*"), aber auch andere Belege, z.B.:
Jesu eigene Worte in der Bergpredigt von den „Söhnen Gottes" (Mt 5,9 „*Selig sind, die Frieden stiften, denn sie werden Söhne Gottes genannt werden*"; 5,45 „*Liebet eure Feinde, ... damit ihr Söhne eures Vaters im Himmel werdet*"; Lk 6,35: „*Ihr werdet Söhne des Höchsten genannt werden*").
Dagegen sei Mt 11,27 („*Alles ist mir übergeben von meinem Vater, und niemand kennt den Sohn als nur der Vater ...*") ursprünglich ein Wort des Auferstandenen („*gesprochen durch inspirierte Christen*") gewesen, denn die göttliche Allmacht sei Jesus erst nach seiner Auferstehung übertragen worden (Mt 28,18: „*Mir ist gegeben alle Gewalt ...*").

Von besonderem Interesse ist die einem internationalen Forscherteam gelungene Rekonstruktion der sogenannten Spruchquelle oder

Logienquelle, abgekürzt Q. Das ist eine Sammlung von Logien (Jesusworten), die von judenchristlichen Wanderpredigern zur Israelmission im galiläisch-syrischen Raum verwendet wurde und *„so auch einen spezifischen Zugang zur ältesten palästinischen Jesus-Überlieferung (erschließt)"* (Paul Hoffmann, Christoph Heil, s.u.). Vermutlich wurde diese griechischsprachige Sammlung um das Jahr 70 n.Chr. herausgegeben (Robinson, s.u.). Sie ist aber als geschlossene Edition bzw. als ein „Spruchevangelium", was sie tatsächlich war, verloren gegangen und musste folgendermaßen rekonstruiert werden:

Matthäus und Lukas haben als Vorlage das Evangelium des Markus als das älteste kanonische Evangelium verwendet, darüber hinaus aber auf diese Logienquelle Q, die zwar ihnen, aber nicht Markus zur Verfügung stand, zurückgegriffen. Texte, die in Mt und Lk (weitgehend) übereinstimmen, aber nicht in Mk zu finden sind, gehören danach zu Q und somit zu einer relativ ursprünglichen, jesusnahen Überlieferung – es sei denn, sie sind offensichtlich eine spätere Hinzufügung aufgrund der Ostererfahrung (wie z.B. oben geschildert.: Mt 11,27 / Lk 10,22 im Vergleich mit Mt 28,18).

Ein wissenschaftliches Studienbuch hierüber mit griechischem und deutschem Text ist: *„Die Spruchquelle Q"*, herausgegeben von Paul Hoffmann und Christoph Heil, WBG 2009. Zur nachfolgend gelegentlich vorgenommenen Zitierung von Q-Texten aus diesem Studienbuch ist anzumerken, dass sie entsprechend internationaler Konvention mit dem Sigel Q und der entsprechenden Stelle bei Lukas angegeben werden.
Ein kommentierter Text, speziell für Laien, ist: James M. Robinson: *„Jesus und die Suche nach dem ursprünglichen Evangelium"*, Göttingen 2007 (Robinson gilt als *der* internationale Experte, hat in Deutschland bei Bultmann studiert, Promotion bei Karl Barth).

Nach Robinson (JR 77f) hat Jesus selber nie Anspruch auf Göttlichkeit erhoben. Er hätte es als Jude vielmehr für Blasphemie gehalten, wenn ein Mensch beansprucht hätte, göttlich zu sein.

2. Gott will Liebe, keine Sühne

Die historisch-kritische Forschung stellt auch den Kreuzestod Jesu als Sühnetod in Frage: alles, was darüber im NT zu lesen ist, seien die Deutungen der Jünger und christlichen Urgemeinde nach Ostern!

Einen Überblick darüber geben Theißen/ Merz (z.B. TM 410) und vor allem Krieger (s.u.) und Robinson. Küng nimmt hierzu eine Art Zwischenstellung ein: die junge, jüdische Urchristengemeinde habe das Leiden Jesu eher als das stellvertretende Leiden des vom Propheten Jesaja geweissagten „Gottesknechtes" gesehen. (HK 64)

In der Rekonstruktion von Q fehlen direkte Berichte über Jesu Passion, über seinen Kreuzestod als Heilsereignis und über seine Auferstehung (Klaus-Stefan Krieger *„Was sagte Jesus wirklich? Die Botschaft der Spruchquelle Q"*, Münsterschwarzach 2003; p. 54; ebenso Robinson, a.a.O. p. 191f).

Aber einer Stelle in Q kann man doch wenigstens einen Hinweis auf Jesu Tod am Kreuz entnehmen: *„Wer nicht sein Kreuz auf sich nimmt und mir folgt, kann nicht mein Jünger sein"* (Mt 10,38/Lk 14,27).

Und „*daß Q die Wiederkunft des getöteten Propheten Jesus erwartet*" (KSK 55), wird in Jesu Weheruf über Jerusalem deutlich: *„Jerusalem, Jerusalem! Du tötest die Propheten und steinigst die, die zu dir gesandt sind. ... Ich sage euch, ihr werdet mich nicht mehr sehen bis der Tag kommen wird, da ihr sagt: Gesegnet, der im Namen des Herrn Kommende!"* (Q 13,34f nach Hoffmann/Heil, p. 93; Mt 23,37-39/Lk 13,34-35).

Das lässt den Auferstehungsglauben offen, nicht aber den Glauben an Jesu Tod als ein Opfer, das Gott dargebracht werden musste, um die Sünden der Menschheit zu sühnen!

Im Zentrum der Predigt Jesu stand vielmehr die Liebe, nach dem Vorbild des bedingungslos liebenden, gütigen (nicht: gnädigen) Gottes, wie sie im Gleichnis vom verlorenen Sohn so eindrucksvoll geschildert wird (Lk 15, 11-32):

Der jüngere von zwei Söhnen lässt sich von seinem Vater das ihm zustehende Erbteil auszahlen, zieht in ein fernes Land und führt dort ein zügelloses Leben, bis das Vermögen aufgebraucht ist. Als eine Hungersnot über das Land kommt, geht es ihm so schlecht, dass er zu seinem Vater zurückkehrt, um sich ihm als Tagelöhner anzubieten.

„Der Vater sah ihn schon von weitem kommen, und er hatte Mitleid mit ihm. Er lief dem Sohn entgegen, fiel ihm um den Hals und küsste ihn. Da sagte der Sohn: Vater, ich habe mich gegen den Himmel und gegen dich versündigt; ich bin nicht mehr wert, dein Sohn zu sein. Der Vater aber sagte zu seinen Knechten: Holt schnell das beste Gewand und zieht es ihm an, ..., Bringt das Mastkalb her und schlachtet es; wir wollen essen und fröhlich sein. Denn mein Sohn war tot und lebt wieder; er war verloren und ist wiedergefunden worden. Und sie begannen, ein fröhliches Fest zu feiern."

Der ältere Sohn wurde darüber zornig und hielt dem Vater vor: *"So viele Jahre schon diene ich dir und nie habe ich gegen deinen Willen gehandelt; mir aber hast du nie auch nur einen Ziegenbock geschenkt, damit ich mit meinen Freunden ein Fest feiern konnte. Kaum aber ist der hier gekommen, dein Sohn, der dein Vermögen mit Dirnen durchgebracht hat, da hast du für ihn das Mastkalb geschlachtet. Der Vater antwortete ihm: Mein Kind, du bist immer bei mir, und alles, was mein ist, ist auch dein. Aber jetzt müssen wir uns doch freuen und ein Fest feiern; denn dein Bruder war tot und lebt wieder; er war verloren und ist wiedergefunden worden."*

Dieses Gleichnis findet sich nur bei Lukas (also nicht in Q), gehört also zum sogenannten „lukanischen Sondergut", nimmt aber offenbar Bezug auf alttestamentliche Stellen, wie z.B. Jes 55,7 (*"Der Ruchlose soll seinen Weg verlassen, / der Frevler seine Pläne. Er kehre um zum Herrn, / damit er Erbarmen hat mit ihm, und zu unserem Gott; / denn er ist groß im Verzeihen."*).

Der Kommentar der Neuen Jerusalemer Bibel gibt einen wichtigen Hinweis zur Einordnung des älteren Sohnes in die damalige Glaubenswelt: *"Der barmherzigen, überwältigende Freude schenkenden Haltung des Vaters, Sinnbild der Barmherzigkeit Gottes, steht im älteren Sohn die Haltung der Pharisäer und Schriftgelehrten gegenüber, die sich für „gerecht" halten, da sie niemals ein Gebot des Gesetzes übertreten."* (NJB 1487)

Jesu Liebesgebot gipfelt in den Worten der Bergpredigt über die Feindesliebe, neu und einmalig in der Geschichte der Menschheit: *"Ihr habt gehört, dass gesagt worden ist: Du sollst deinen Nächsten lieben und deinen Feind hassen. Ich aber sage euch: Liebt eure Feinde und betet für die, die euch verfolgen, damit ihr Söhne eures Vaters im Himmel werdet, denn er lässt seine Sonne aufgehen über Böse und Gute, und er lässt regnen über Gerechte und Ungerechte"* (Q 6,27f; Mt 5,44f/Lk 6,27f).

Dem steht auch nicht entgegen, dass in Q auch angebliche Aussprüche Jesu enthalten sind, die wieder den alttestamentlichen Gott der Rache erkennen lassen, z.B. die Weherufe gegen die Pharisäer (Q 11,49-51: *„ ... so dass das Blut aller Propheten, dass seit Anbeginn der Welt vergossen ist, von dieser Generation gefordert wird"*), die Klage über Jerusalem (Q 13, 34f: *„... Siehe, euer Haus wird verwüstet werden"* ...) oder über die Verwerfung der ungläubigen Juden (Q 13, 29.28 bzw Mt 8, 11f/Lk 13, 22-30: *„... die aber, für die das Reich bestimmt war, werden* *hinausgeworfen in die äußerste Finsternis; dort werden sie heulen und mit den Zähnen knirschen."* Zit. n. Mt).

Diese Sprüche entstammen der Erfahrung der judenchristlichen „Q-Jünger", die auf der Grundlage der Logienquelle Q im galiläisch-syrischen Raum missionierten und immer weniger Erfolg damit hatten. Sie bezeichneten „diese Generation", welche die Botschaft Jesu mehrheitlich ablehnte und damit nach Meinung der Jünger den Bund mit Gott gebrochen hatte, deshalb als „böse Generation" und ergänzten die Spruchsammlung um solche Drohworte (JR 122f, 205).

Der Gott Jesu will keine Sühne, er will unsere Liebe.

Und genau dies ist der Maßstab, von dem uns die Nahtoderfahrenen berichten:
Der einzige Maßstab, nach dem das nicht-materielle Bewusstsein (das Ich, die Seele) unmittelbar nach dem Tode des Körpers vor dem göttlichen Lichtwesen sein eigenes Leben bewertet, ist die Liebe. Im Teil 1, Kap. 2, habe ich dieses in religiöser – oder eben auch nur in existentieller – Hinsicht so entscheidende Element der Nahtoderfahrungen eingehend beschrieben.

Zusammenfassung (Teil 2)

Es werden zwei „Gottesbilder" – oder vielleicht besser: Denkmodelle – diskutiert, welche, jedes auf seine Weise, die vom Verfasser als besonders anstößig empfundene, konservative Erbsündenlehre und auch die Trinitätslehre (drei göttliche Personen in gleicher Seinsweise) in Frage stellen. Der Sinn dessen ist es, ein Bild zu skizzieren, das Gott nicht nur als Ursprung aller Naturgesetzlichkeit – und damit der Welt – erkennen lässt, sondern auch als Ursprung und Inbegriff der Liebe. Dies wird mit theologischen Argumenten und auch mit solchen aus der Nahtodforschung, wie sie ausführlich in Teil 1 beschrieben ist, begründet.

Kernelement der Nahtoderfahrungen ist neben der Außerkörperlichkeit des (nicht-materiellen) Bewusstseins die Erfahrung eines Lichtwesens, das eine in menschlichen Worten nicht beschreibbare Liebe ausstrahlt. Hier liegt eine unzweifelhafte, tatsächliche Erfahrung einer das Irdische transzendierenden und ganz offenbar göttlichen Liebe vor!

Höhepunkt dieser Liebe, und so auch Kern der christlichen Botschaft, ist Gottes (Mit-)Leiden am Kreuz Jesu. Dieses schon im 2. Jahrhundert thematisierte Leiden des „Vaters" selber („*pater passus est*") kann unter verschiedenen Gesichtspunkten gedacht werden. Zunächst einmal in einem direkt am Bibeltext orientierten Sinn: Mit-Leiden dadurch, dass sich Gott in Jesus inkarniert hat, denn der griechische Urtext des Johannes-Prologs lässt diese Deutung durchaus zu, wie zu Beginn von Teil 2 eingehend dargelegt wird.

Eine andere Denkmöglichkeit käme ohne Inkarnation aus und könnte Bezug auf den Epheserbrief nehmen: nämlich dass Gott „*in uns allen ist*" (Eph 4,6; vergl. Anmerkung 2). Und so kennt er nach allgemeiner christlicher (und übrigens auch islamischer) Auffassung nicht nur unsere Taten, sondern auch unsere Gedanken – wie sonst könnte man im Stillen zu ihm beten? Wenn er unsere Gedanken kennt, kennt er auch unsere Gefühle, das Leid und das Glück jedes einzelnen Menschen und könnte so daran Anteil haben bzw. nehmen.

Warum erlegt sich Gott dieses Leiden auf? Um die Welt mit sich zu versöhnen, wie es schon Paulus geschrieben hat. Denn Gott hat seine Geschöpfe in eine Materiewelt hinein geschaffen und sich in ihr zu menschlichem Sein entwickeln lassen, in der Leiden absolut unvermeidbar sind.

Im Zusammenhang mit der Tatsache unvermeidbaren Leidens in der Welt wird das Thema der Theodizee, der Rechtfertigung eines angeblich allmächtigen und sittlich vollkommenen Gottes angesichts eben solchen

Leidens, ausführlich behandelt. Dabei steht die These des englischen Theologen John Hick im Vordergrund, wonach das Ziel menschlichen Seins, die sittliche und spirituelle Höherentwicklung des Individuums, nur in einer auch Leid ermöglichenden Welt erreichbar sei (und zumeist auch nicht nur in *einem* irdischen Leben, also postmortal und/oder nach Reinkarnation). Voraussetzung dafür sei allerdings ein freier Wille. Der Fundamentaltheologe Armin Kreiner behauptet jedoch, dass aus Gründen der Logik der menschliche Wille nur dann frei sein könne, wenn Gott freiwillig auf jegliches Vorherwissen verzichte. Die vorliegende Arbeit stellt diese Behauptung unter Rückgriff auf das sogenannte „eternalistische" Gottesbild in einer eigenen Interpretation in Frage: Danach weiß Gott in seiner ewigen, zeitlosen Gegenwart von jeder Entscheidung eines Menschen, ganz unabhängig vom irdischen Zeitpunkt dieser Entscheidung, denn für den eternalistischen Gott gibt es kein Vorher und Nachher. Man muss eben unterscheiden zwischen der irdischen Zeit und der göttlichen Zeitlosigkeit, die Begriffe wie „Vorherwissen" sinnlos macht. Insofern sind die Entscheidungen eines Menschen im theologischen Sinne frei.

Die Erbsündenlehre von einem grausamen Gott, der nur durch das blutige Opfer seines Sohnes gnädig gestimmt werden konnte, samt in Aussicht gestellter Höllenqualen, mit der fast zwei Jahrtausende lang die Christenheit eingeschüchtert und diszipliniert wurde, dürfte mit den hier vorgestellten Thesen sowie mit den empirischen Ergebnissen der Nahtodforschung auch für gläubige Menschen entbehrlich geworden sein!

Entbehrlich wäre dann allerdings auch die Trinitätslehre von den drei Personen gleicher Seinsweise in Gott, die sich Theologen im Laufe der ersten vier Jahrhunderte nach Christus in oft erbittertem Streit abgerungen haben und die schließlich doch nur ein hellenistisch-philosophisches Gedankengebäude ohne wirklichen Rückhalt im Neuen Testament geworden ist.

Zu gleichen Resultaten kommt man auch unter Berufung auf die historisch-kritische Forschung, soweit sie sich auf die rekonstruierte Logien- oder Spruchquelle stützt. Das ist eine Spruchsammlung, die von Wanderpredigern im palästinisch-syrischen Raum benutzt wurde und von allen Überlieferungen den Worten Jesu inhaltlich und zeitlich am nächsten kommen dürfte. Danach wurde der „Sohn-Gottes-Titel" Jesus erst nach der Ostererfahrung beigelegt.

Wie auch immer es sich mit der Gottes-Sohnschaft Jesu verhalten mag, Jesus war auf jeden Fall Mensch – nur oder auch. Und in diesem

Menschen war der Geist Gottes, empirisch gesehen das göttliche Lichtwesen oder eine ihm nahe Wesenheit, auf eine so einzigartige Weise präsent und wirksam, dass Gott sich und seine unendliche Liebe dadurch der Welt offenbaren konnte.

Anmerkungen zu Teil 2

1. Zu Kap. 1, 1.: Die Identifikation des Logos mit Gott, allein aufgrund Joh 1,1 , mag zunächst befremden, denn schon im selben Johannesprolog heißt es in V 18: *„Niemand hat Gott je gesehen. Der Einzige, der Gott ist* (wörtlich: der Einziggeborene, Gott) *und am Herzen des Vaters ruht, er hat Kunde gebracht."* Hier werden Vater und Einziggeborener als Zwei unterschieden, allerdings dem Einziggeborenen Gottesstatus zuerkannt.
Auch Joh 14, 28 („...*der Vater ist größer als ich"*) und 17,3 (Jesus betet: *„Das ist das ewige Leben: dich, den einzigen wahren Gott zu erkennen und Jesus Christus, den Du gesandt hast"*) sprechen dagegen, dass der Evangelist Jesus mit Gott, dem Vater, identifizieren wollte. Aber: Der Johannesprolog ist ein Christushymnus, der älter ist als das Johannesevangelium selbst; der Verfasser dieses Evangeliums hat auf ihn zurückgegriffen und ihn erweitert. V18 jedenfalls gehört nicht zum Grundbestand dieses alten Hymnus (Hubertus Halbfas: *„Die Bibel",* S. 499f). Da Johannes im vierten Evangelium eine ganz eigenständige Theologie bzw. Christologie entwickelt, müssen die zitierten Verse 14,28 und 17,3 nicht notwendigerweise mit dem Prolog vereinbar sein. Deshalb halte ich es für gerechtfertigt, an der Identifizierung von Gott und Logos nach V1,1 als Grundlage eines meiner Denkmodelle festzuhalten.

2. Zu Kap. 1, 5., S. 80: Die NJB übersetzt die fragliche Stelle im Epheserbrief (4,6) so: *„Ein Gott und Vater aller, der ... in allem ist".* Im griechischen Originaltext stehen für *„in allem"* die Worte *„en pasin"*, d.i. Dativ Plural, und in mehreren Handschriften heißt es passend dazu: *„en pasin hemin"*, „in uns allen" (Nestle-Aland: *Novum Testamentum Graece"*, Deutsche Bibelgesellschaft, 27. Auflage, 1993, S. 508). Die NJB bemerkt dazu in einer Fußnote: *„Andere Lesart (V): „in uns allen".*

3. Zu Kap. 3., Das Theodizee-Problem: Nach der Vorstellung des Physikers Markolf H. Niemz (*„Bin ich, wenn ich nicht mehr bin?"*, Herder 2013, 88f) ist Gott *„kein Schöpfer außerhalb des Geschehens, sondern die Schöpfung organisiert sich selbst"*, d.h. *„Gott ist der Motor der Schöpfung, und zugleich ist die Schöpfung der sich entfaltende Gott".* Daraus zieht der Autor den Schluß: *„Die Theodizee-Frage läßt sich mit einem personalen Gott nicht beantworten. Solches gelingt jedoch, wenn wir unser Leben als ein Spiel begreifen, in dem sich Gott als Regel und Zufall offenbart."* Eine solche Definition bedeutet natürlich die Abkehr vom theistischen Gottesbild theologischer Prägung und ist nach meiner Meinung erheblich zu kurz gegriffen. Ich kann hier nicht religionsphilosophisch argumentieren, das ist nicht mein Metier. Die Auffassung Niemz' widerspricht aber schon den Berichten der Nahtoderfahrenen, die durchweg von einem personalen Charakter des (numinosen) Lichtwesens überzeugt waren, eben von der Gegenwart eines liebenden Wesens. Nach der bisher einzigartigen Erfahrung des Neurochirurgen Eben Alexander hat sogar die unendliche schwarze und *„unendlich tröstliche"* Weite, zu der er von einem Lichtwesen mehrmals geführt wurde, und die er zunächst *„das Om"*, später aber auch Gott, nannte, ein personales Element. – Nach meiner Vorstellung von Gott ergibt sich dieses personale Element aus folgenden Überlegungen: Im Alten Testament wird Gott durchgängig als Person dargestellt, oft in einem betont geistigen Form, recht anschaulich in 1 Kön 19, 11-13 als ein sanftes Säuseln, welches Sturm Erdbeben und Feuer folgt . Auch im Neuen Testament ist Gott Geist (Joh 4, 24) und – neu und einmalig unter den Religionen - Liebe (1 Joh, 4,8); und er ist allgegenwärtig, um uns und in uns; er ist Urgrund und Quelle alles dessen was ist

(Jes 45,7). Das entspricht natürlich nicht unserem irdischen Begriff von „Person" als einer in sich räumlich und geistig begrenzten Wesenheit, die entweder nur hier oder dort sein kann. Doch sowohl Liebe als auch Geist können als Merkmale von Person-Sein aufgefasst werden. Für unser menschliches Verständnis ausreichend beschreiben kann man Gott mit irdischen Begriffen jedenfalls niemals; er bleibt ein Geheimnis, das Geheimnis schlechthin. Und das ist wohl auch gut so.

Zu der Haupt-These Niemz' (die Frage in seinem Buchtitel nach dem postmortalen Schicksal des Ich und die nach einer Entwicklungsmöglichkeit der Seele im Jenseits beantwortet er mit Nein) und zu einigen weiteren Statements s. auch meine Anmerkung Nr. 3 zum Teil 1.

Literatur

Alexander, E. 2012. *Proof of Heaven*. Simon + Schuster Inc. (Buchbesprechung: DIE WELT am 27.01.2013 auf www.welt.de/110284211)
Alexander, E. 2013. *Blick in die Ewigkeit*. Ansata **EA**
Barz, H. 1979. *Vom Wesen der Seele*. Kreuz-Verlag
Bojowald. M. 2009. *Zurück vor der Urknall*. S. Fischer
Bruhn, J. 2009. *Blicke hinter den Horizont*. Alsterverlag Hamburg **JB**
Büntrup, G. 2008. *Das Leib-Seele-Problem. Eine Einführung*. Kohlhammer
Chalmers, D.J. 2002. "Consciousness and its place in nature." In: *Philosophy of Mind. Classical and Contemporary Readings*. Oxford University Press. Zit.n. EB 256.
Das Neue Testament 1980 (übersetzt und kommentiert von Ulrich Wilckens). Benzinger
Eccles, J.C. 1994. *Wie das Selbst sein Gehirn steuert*. Serie Piper **SG**
Franzen, A. 1988. *Kleine Kirchengeschichte*. Herder
Fritzsch, H. 2007. *Das absolut Unveränderliche*. Piper 2007
Gazzaniga, M.S. 2012. *Die Ich-Illusion. Wie Bewusstsein und freier Wille Entstehen*. Hanser **MG**
Gott, J.R. u. Li, L.-X. in Vaas, R. 2010. *Tunnel durch Raum und Zeit*. Kosmos
Greene, B. 2008. Der Stoff, aus dem der Kosmos ist. Goldmann **BG1**
Greene, B. 2012. *Die verborgene Wirklichkeit*. Siedler **BG2**
Gribbin, J. 2011. *Auf der Suche nach Schrödingers Katze*. Piper **JG**
Gribbin, J. u. Rees, M. 1991. *Ein Universum nach Maß*. Insel Taschenbuch
Halbfas, H. 2007. *Die Bibel*. Patmos **HH**
Hoffmann, P und Heil, C. (Hrsg) 2009. *Die Spruchquelle*. WBG
Hüther, G. 2011. *Bedienungsanleitung für ein menschliches Gehirn*. Vandenhoeck & Ruprecht
Jung, C.G. 1979. *Erinnerungen, Träume, Gedanken*. Olten u. Freiburg, Walter **CGJ**
Knauer, P. 1983. *Der Glaube kommt vom Hören"*. Schadel Verlag
Kreiner, A. 2005. *Gott im Leid*. Herder **AK**
Krieger, K.-S. 2003. *Was sagte Jesus wirklich? Die Botschaft der Spruchquelle Q.,* Münsterschwarzach **KSK**
Kübler-Ross, E. 1987. *Über den Tod und das Leben danach*. Die Silberschnur **KÜR**
Küng, H. 2007. Das Christentum. Wesen und Geschichte. Piper **HK**
Langenscheidts *Wörterbuch des Altgriechischen* (10. Auflage)

Lesch, H. 2009. *Quantenmechanik für die Westentasche.* Piper
Lommel, P. van 2011. *Endloses Bewusstsein. Neue medizinische Fakten zur Nahtoderfahrung.* Patmos   **EB**
Miles, J. 2001. *„Jesus. Der Selbstmord des Gottessohns".* Hanser
Moody, R.A. 1977. *Leben nach dem Tod.* Rowohlt   **ML**
Moody, R.A. 1978. *Nachgedanken über das Leben nach dem Tod.* Rowohlt   **MN**
Neue Jerusalemer Bibel, 1985. Herder   **NJB**
Nestle-Aland 1993. *Novum Testamentum Graece.* Deutsche Bibelgesellschaft
Niemz, M.H. 2011. *Bin ich, wenn ich nicht mehr bin?* Kreuz Verlag (Verlag Herder 2013)
Penrose, R. 1994. *Shadows of the Mind.* Oxford University Press
Popper, K.R. 1977. *Das Ich und sein Gehirn.* Piper
Ring, K. 1986. *Den Tod erfahren – das Leben gewinnen.* Scherz   **KR**
Ring, K. 1999. *Im Angesicht des Lichts.* Hugendubel
Robinson, J.M. 2007. *Jesus und die Suche nach dem ursprünglichen Evangelium.* Vandenhoeck u. Ruprecht   **JR**
Röthlein, B. 2011. *Schrödingers Katze.* dtv   **BR**
Sabom, M.B. 1986. *Erinnerungen an den Tod. Eine medizinische Untersuchung.* Goldmann
Stapp, H.P. 1993. *Mind, Matter, and Quantum Mechanics.* Springer
Theißen, G., Merz, A. 2001. *Der historische Jesus. Ein Lehrbuch.* Vandenhoeck&Ruprecht   **TM**
The New English Bibel, 2. Aufl. 1970
Universität Freiburg, Inst. f. Physiologie I (Geiger, J.) 2012. *Transmitterausschüttung.* neuro.biologie.uni-freiburg.de/Skriptum/4-4-3.htm   **UF**
Weizsäcker, C.F. von; Krishna, G. 1973. *Biologische Basis der Glaubens-Erfahrung.* O.W.Barth
Zeilinger, A. 2005. *Einsteins Schleier.* Goldmann   **AZ**

Personenregister
(nicht berücksichtigt sind die Kürzel der Autorennamen bei Zitaten)

Alexander, Eben 12, 15, 17, 18, 23, 26, 28, 50, 52, 76, 91
Aspect, Alain 8, 37, 42
Augustinus, Aurelius 77
Beauregard, Mario 36
Beck, Friedrich 9, 10, 47, 62
Boëthius 74
Bohm, David 38
Bohr, Niels 50
Bojowald, Martin 69
Bruhn, Jörgen 12, 14, 30, 31
Büntrup, Godehard 60
Chalmers, David 40
d'Espagnat, Bernard 38
Eccles, John C. 4, 6, 9, 10, 35, 36, 40, 43, 60, 62
Einstein, Albert 58
Eusebios 81
Everett, Hugh 50, 70
Fehrs, Kirsten 30
Feynman, Richard 59
Franzen, August 79
Fritzsch, Harald 58
Gagarin, Juri 20
Gazzaniga, Michael 5, 9, 44-48, 56, 61, 76
Gott, John R. 69
Greene, Brian 50, 51, 59, 63, 69
Gribbin, John 8, 37, 38, 59, 60, 63, 70
Halbfas, Hubertus 66, 91
Heil, Christoph 84, 85
Heisenberg, Werner 7, 9
Hick, John 73, 89
Hoffmann, Paul 84, 85
Hüther, Gerald 39
James, Henry 8
Josephson, Brian 39, 40, 52
Jung, Carl G. 19, 43
Knauer, Peter 71
Kreiner, Armin 72-75, 77, 89
Krieger, Klaus-Stefan 85

Krishna, Gopi 45
Kübler-Ross, Elisabeth 22
Küng, Hans 81-83, 85
Leibniz, Gottfried W. 72
Lesch, Harald 7, 63
Li, Li-Xin 69
Lommel, Pim van 11, 12-16, 18, 20-22, 24, 31-33, 35, 40-44, 51, 52
Margenau, Henry 8
Merz, Annette 67, 83, 85
Miles, Jack 79
Moody, Raymond A. 11, 25, 29, 30, 31, 78
Neumann, John von 39, 40, 52
Niemz, Markolf H. 63, 91, 92
Paulus 58, 67, 70, 77, 79
Penrose, Roger 44
Popper, Karl R. 4, 6, 10, 40, 48, 60
Rees, Martin 70
Reynolds, Pamela 33, 34, 35
Ring, Kenneth 11, 19, 20, 25
Robinson, James M. 84, 85
Röthlein, Brigitte 8, 37, 63
Sabom, Michael B. 11
Schrödinger, Erwin 26, 38, 50, 62
Spetzler, Robert 33, 35
Stapp, Henry P. 8, 9, 10, 48
Theißen, Gerd 67, 83, 85
Vaas, Rüdiger 69
Wegener, Alfred 60
Weizsäcker, Friedrich von 45
Wheeler, John 39, 40, 52
Wigner, Eugene 39, 40, 52
Wilckens, Ulrich 66
Young, Thomas 60
Zeilinger, Anton 8, 37, 38, 50, 51, 59, 63

Der Autor

Forstdirektor i.R. Dr. Hans Niemeyer, Jahrgang 1937, war Leiter der Abteilung Waldschutz in der damaligen Niedersächsischen Forstlichen Versuchsanstalt in Göttingen und hat sich in seiner Freizeit seit mehr als drei Jahrzehnten mit den in diesem Buch behandelten Themen beschäftigt.

Impressum

Herstellung und Verlag:
BoD-Books on Demand, Norderstedt
ISBN: 978-3-7357-3594-2